ALEX XAYSENA

LE PARCOURS
D'ERADAN & VIVANIE

© 2025 Alex Xaysena

Édition : BoD · Books on Demand,
31 avenue Saint-Rémy, 57600 Forbach,
bod@bod.fr

Impression : Libri Plureos GmbH,
Friedensallee 273, 22763 Hamburg
(Allemagne)

ISBN : 978-2-3225-9472-6

Dépôt légal : Mai 2025

Illustrations et carte :
© Alex XAYSENA

Remerciements

Je souhaite remercier les personnes suivantes que j'ai rencontrées sur Instagram, et qui ont porté un intérêt pour *Le Parcours d'Orlane & Mélanie* :

- **les.lectures.de.jessie**, pour être la première à poster une chronique sur *Le Parcours d'Orlane & Mélanie*. Et également, pour aimer la majorité de mes posts sur Instagram.

- **chisa_lockhart**, une véritable serial lectrice, pour sa chronique très complète sur *Le Parcours d'Orlane & Mélanie*.

- **marine_books77**, pour sa belle review sur *Le Parcours d'Orlane & Mélanie*, et sa belle note de 4 sur 5.

- **phoenarthena**, pour mettre en avant des autrices/eurs auto-édité(e)s dont je fais partie dans ses posts Instagram.

J'en ai peut-être oublié. Dans ce cas, n'hésitez pas à vous manifester auprès de moi, je me rattraperai dans le roman suivant.

Pour terminer, il y a bien sûr le poto **David Petit-Laurent**, un auteur que je suis, et qui de son côté suit également mon aventure d'auteur auto-édité depuis que je me suis lancé dans cette aventure. Et qui aime la majorité de mes posts Instagram. N'hésitez pas à suivre son régime chips mayo que vous pouvez trouver dans un de ses romans, ainsi que toutes ses autres œuvres qui valent le coup.

Et bien sûr, un merci à **ma moitié**, pour accepter mon aventure d'auteur auto-édité (avec tout le travail que ça implique, qui m'occupe pas mal).

Du même auteur

Le Parcours d'Orlane & Mélanie,
paru en février 2025,
auto-édité via Books on Demand.

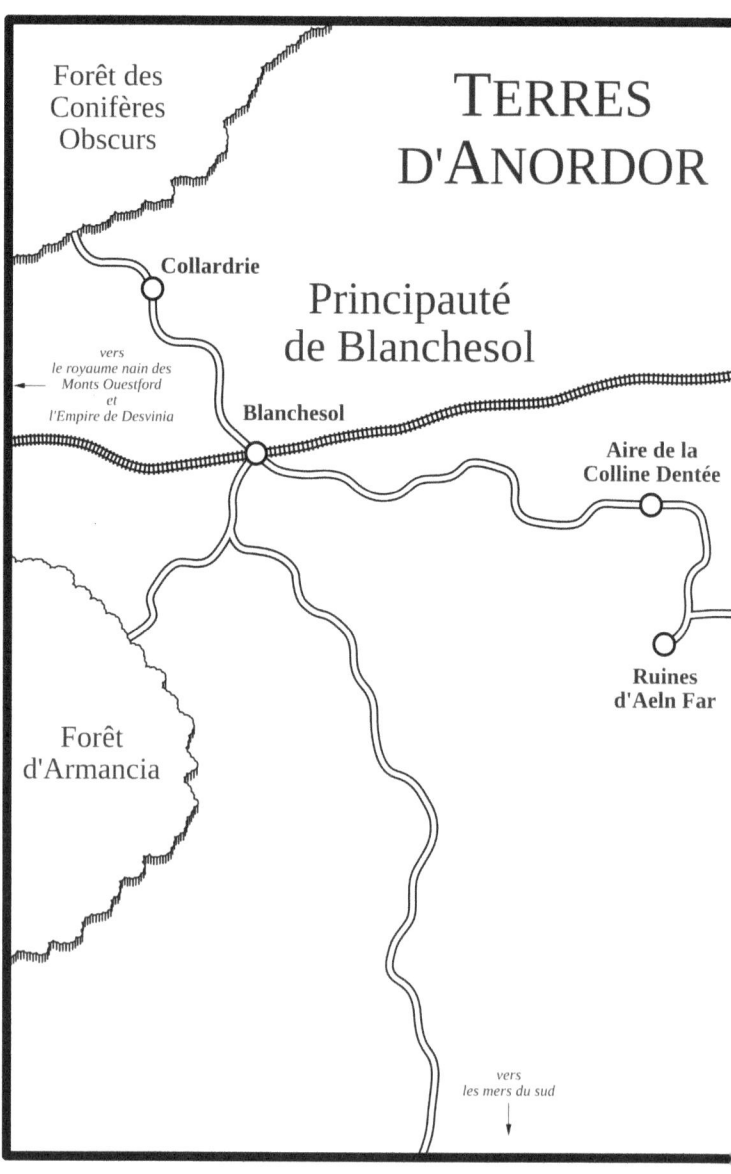

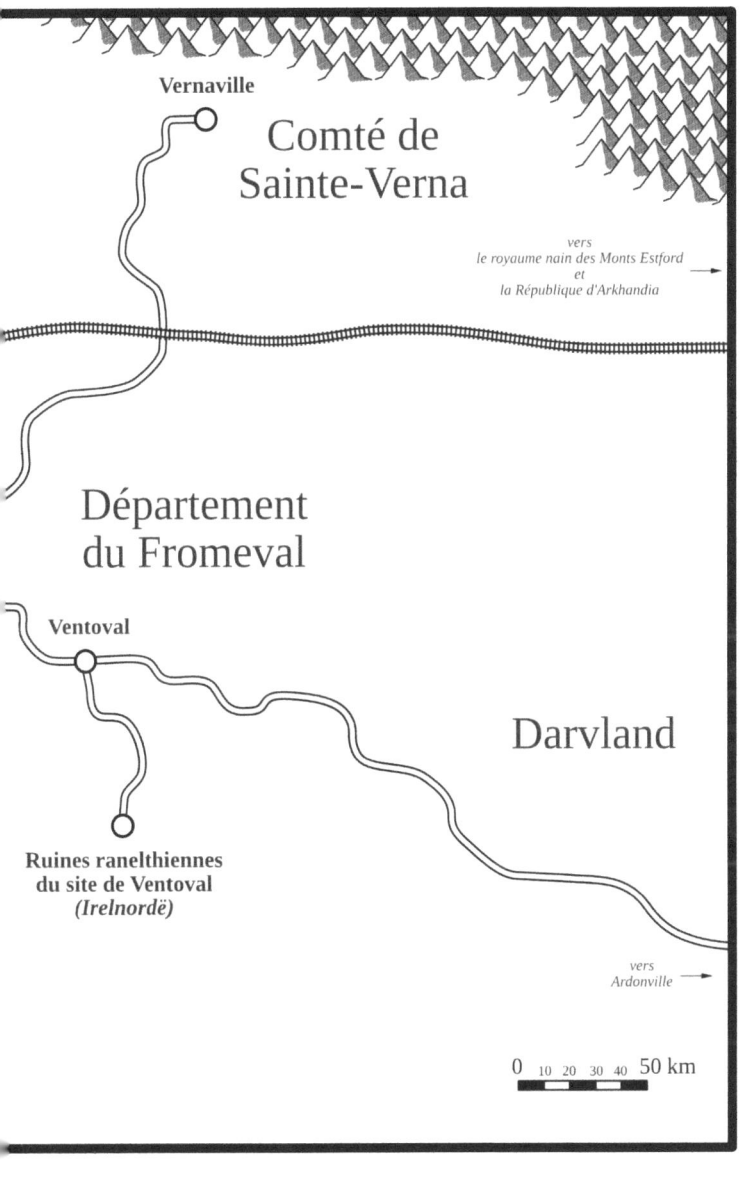

- 1 -
Traque dans la forêt

Sur la planète Énoria, au nord-ouest des Terres d'Anordor, dans la Forêt des Conifères Obscurs, vers 7h38, un homme isolé est en train de marcher. Il porte un long manteau vert foncé encapuchonné, un pantalon noir, des bottes marrons foncés, et des bracelets ainsi que des gants de la même couleur. Par-dessus son manteau, il porte une ceinture marron foncé également, avec au côté gauche une épée longue rangée dans son fourreau, au côté droit une sacoche de la même couleur que la ceinture, et derrière, une dague rangée elle aussi dans son fourreau. Sur son dos, il porte un carquois rempli de flèches, ainsi qu'un arc recurve de chasse rangé dans un emplacement créé spécifiquement pour cela. Bien qu'il ne pleut pas, il a quand même mis sa capuche, recouvrant ainsi son visage. Pas de doute, avec ces éléments qui identifient cet homme, c'est un Arpenteur.

Les hommes et les femmes qu'on appelle "Arpenteurs" (ou "Arpenteuses" pour les femmes) sont un peuple de forestiers humains. Héritiers de l'ancienne civilisation ranelthienne, ces individus préfèrent vivre dans les milieux naturels plutôt que dans les cités. Durant l'ancienne ère de l'obscurité religieuse, ils étaient traités comme des parias, des sauvages, voire même comme des criminels par la Confession de l'Unique. Cette dernière est connue pour ses trop grands nombres de méfaits et de massacres au nom de la religion. Aujourd'hui, à l'ère numérique actuelle, cette organisation n'existe plus, et la méfiance envers les Arpenteurs a disparu, bien que certains ne comprennent toujours pas pourquoi quelqu'un choisirait les milieux naturels et hostiles aux conforts qu'offrent les cités.

Du vent souffle sur les pins de la Forêt des Conifères Obscurs. Bien que n'étant pas d'une extrême violence, ce vent est suffisamment puissant pour secouer ces arbres en avant et en arrière au rythme d'une valse. Néanmoins, cela ne perturbe pas notre Arpenteur, très concentré sur la tâche qu'il est en train d'accomplir. Accroupi, il examine très attentivement des traces sur le sol afin de deviner la scène qui s'est déroulée, et la direction qu'ont prise les individus qu'il prend en chasse. Faire cela très facilement, c'est typique des Arpenteurs qui sont des as du pistage.

Suivant ces traces, il arrive dans une zone où il examine les cendres de ce qui reste d'un feu de camp. Il voit que celui-ci a été éteint à la hâte, comme si ceux qui ont passé la nuit ici à la belle étoile avaient conscience d'être poursuivis par une menace prête à les chasser tel un prédateur. Tournant la tête d'un côté puis de l'autre, en très peu de temps, l'Arpenteur remarque des empreintes rectangulaires sur le sol pouvant rappeler celles des sacs de couchages pour les plus grandes, et des plus petites qui peuvent être celles de divers sacs à dos. Enfin, il trouve des traces de pas sur le sol se dirigeant vers sa droite, et qui sont très facilement visibles au point que n'importe qui sans talent de pistage peut les distinguer. Apparemment, il n'ont pas eu le temps d'effacer leurs traces dans leur fuite précipitée.

L'Arpenteur décide de les suivre. Progressant durant une quarantaine de minutes, il s'arrête un court moment pour observer autour de lui. Peut-être que ceux qu'il traque sont en train de le prendre en embuscade. Heureusement, ce n'est pas le cas. Après cet instant de repérage, il sort de sa sacoche un smartphone, avec une coque en chêne rouge, un modèle de la marque Primaenor propre aux Arpenteurs. Il exécute une application qui ouvre une interface ayant un dégradé de bleus foncés en guise de fond. Sur celle-ci, avec son index droit, il trace un symbole adoptant des traits de couleur jaune clair lumineux sur l'écran. Puis, il tend son bras droit et ouvre sa main. Le signe lumineux qu'il avait tracé apparaît devant cette main, quatre fois plus grande que celle qui est dans l'écran. Les yeux de l'Arpenteur s'illuminent de cette couleur jaune clair lumineux.

Sa vision prend soudainement une teinte de couleurs vertes grisâtres. Il voit au loin une tâche rouge vers sa droite. Observant attentivement dans cette direction, sa vue zoome et l'Arpenteur voit très distinctement que cette tâche rouge a la forme d'un petit chat agité dans un sac à dos (cet animal est visible à travers celui-ci). Autour de ce félin se trouvent des créatures humanoïdes à taille humaine, à l'aspect trapu et grossier, et à la mâchoire inférieure proéminente. Des orcs ! L'un d'eux porte d'ailleurs ce sac à dos sur lui. En un claquement de doigt, la vision de l'Arpenteur revient à la normale.

Son objectif est clair depuis le départ : sauver ce petit chat. Il range son smartphone dans sa sacoche, puis dégaine ensuite son épée longue. Mesurant 1,30 mètres de long, sa lame d'un gris foncé est longue d'1 mètre. Sa fusée est entourée d'un cordage bordeau foncé de la même couleur que son fourreau, pour une meilleure prise en main. Quant aux quillons et au pommeau, ceux-ci sont d'une couleur gris clair argentée. L'Arpenteur court vers son objectif.

- 2 -
As de l'épée longue

La course de l'Arpenteur vers les orcs ne dure pas plus de 2 minutes. L'homme encapuchonné entend des miaulements apeurés, signe qu'il est très proche de ses cibles. Et c'est le cas ! Il réussit à repérer l'orc qui porte le sac à dos contenant le petit chat. Sans aucune hésitation, il se précipite vers cet orc par derrière, pose sa main gauche sur l'anse du sac à dos, pose la lame de son épée longue sur les bretelles, puis d'un coup sec, entaille ceux-ci afin de les découper. Ce geste surprend l'orc, qui perd soudainement son sac à dos maintenant aux mains de l'Arpenteur.

Sans s'attarder plus longtemps, l'homme encapuchonné prend la fuite. Entendant les cris des orcs à peaux verdâtres et aux yeux rougeâtres, il accélère sa course afin de créer une plus grande distance entre eux et lui. Dans cette poursuite, il examine très rapidement les différents lieux, afin de trouver celui qui lui offrirait l'avantage le plus stratégique lorsque viendra l'inévitable confrontation. Il trouve une pente sur laquelle se trouve des pins plutôt serrés, suffisamment pour que deux adultes ne puissent pas les traverser côte à côte. Voilà l'avantage stratégique recherché ! L'Arpenteur grimpe cette pente. À environ une dizaine de mètres de celle-ci, il trouve un buisson et à l'intérieur, il pose le sac à dos pour le mettre à l'abri. Après cela, il retourne vers cette pente et descend celle-ci. Les orcs arrivent. Ils sont huit.

L'Arpenteur tient son épée longue avec ses deux mains, étant donné que ce type d'épée est principalement une arme à deux mains. Sa main droite est proche des quillons, sa main gauche est sur le pommeau, ses bras sont détendus le long de son corps, sa lame est dirigée vers sa droite et pointée vers le bas. Ses jambes sont écartées, les pieds placés perpendiculairement à plat sur le sol, son pied gauche en avant, son pied droit en arrière. Son bassin est baissé dans le but d'ancrer son centre de gravité vers le sol, pour gagner en stabilité. Cette posture est celle de la Porte de Fer, issue du style martial du fameux grand maître d'armes Felipe Livadi, et dont visiblement cet Arpenteur en est un pratiquant. Pour un épéiste, cette posture défensive permet d'économiser son énergie, ce qui est très utile lors d'un combat qui peut durer plus longtemps que prévu, et en même temps, être sur ses gardes et placer de suite un geste offensif en un seul mouvement.

Et c'est ce qui va arriver !

Un premier orc armé d'un grand hachoir de ses deux mains fonce vers l'Arpenteur en hurlant. Celui-ci, très calme et sûr de lui, fait un pas en avant de son pied droit devant son pied gauche qui lui sert de pivot, et en même temps, il étend ses bras devant lui, la pointe de son épée longue pénétrant le haut de la poitrine gauche de l'orc vers son épaule gauche. Moins d'une seconde après, l'Arpenteur recule d'un pas arrière de son pied droit, entaillant en même temps les bras l'orc qui lâche subitement son arme et hurle de douleur.

Les sept autres orcs, eux aussi armés de grands hachoirs à deux mains, chargent vers l'Arpenteur en poussant des cris de guerre. L'homme encapuchonné place la pointe de son épée longue en avant, ses bras détendus le long de son corps afin de ne pas s'épuiser inutilement (la Posture Courte selon le style de Felipe Livadi). Dans le but d'adopter une posture lui permettant d'armer ses prochains coups et en même temps être en garde, il met son pied droit en arrière et son pied gauche en avant. Lorsqu'un orc est à sa portée, à environ deux mètres de lui, il place son pied gauche bien en arrière, le forçant ainsi à davantage fléchir ses jambes, puis il place ensuite ses mains au côté gauche de sa tête, la pointe de son épée longue vers la tête de son adversaire (une variante de la Posture de la Fenêtre à Gauche). Puis en un geste vif et maîtrisé, il fait un pas de son pied gauche en avant et, tournant sa hanche gauche en avant, il effectue une coupe circulaire oblique vers sa droite, la pointe de l'épée longue finissant en avant. Tout ce geste comprenant cette nouvelle posture et ce mouvement dure à peine une seconde. L'orc subit ce coup sur sa joue droite, qui se fait entaillée par la lame de l'Arpenteur. Ce geste est d'une telle puissance que cela met l'orc à terre, qui lâche son arme et met ses mains sur la coupe subie, sentant la forte douleur.

Un autre orc arrive et sans attendre, l'Arpenteur avance son pied droit qui était en arrière et tournant sa hanche droite en avant, il effectue une coupe diagonale de haut en bas et de sa droite vers sa gauche, entaillant ainsi son adversaire qui tombe à terre. Un troisième orc est à sa portée. Sur celui-ci, l'Arpenteur place son pied gauche en avant et dans le même mouvement, il étend ses deux bras devant lui, la pointe de son épée longue pénétrant le bide de ce troisième orc. Tout de suite après, il reprend la posture qu'il avait au départ de cet affrontement, celle de la Porte de Fer, toujours en éveil et prêt à agir.

Les autres orcs prennent peur, conscient que leurs aptitudes martiales sont largement inférieures à celles de l'Arpenteur. Mais parmi eux, un est plus courageux. Il est armé d'une étoile du matin (une masse d'armes à la tête sphérique et remplie de pointes) et surtout d'un pavois (un grand bouclier pouvant aller du sol jusqu'aux épaules du porteur). C'est d'ailleurs son équipement qui le rend plus courageux et confiant dans son approche vers l'Arpenteur, qui connaissait l'énorme avantage qu'un tel équipement peut procurer. En effet, même avec un faible niveau martial, équipé ainsi, on peut en très peu de gestes se protéger des attaques les plus mortelles, même si l'adversaire est plus puissant.

Mais cela n'effraie pas l'Arpenteur, car il a vu une faille sur l'orc au pavois. Bien qu'équipé ainsi, sa posture est très primaire et surtout peu stable. Il voit donc une faiblesse à exploiter ! Plaçant ses deux mains vers la gauche et le haut de sa tête, il place la pointe de son épée longue vers le bas et vers son côté droit, dans le but de se créer la plus grande couverture possible. Il court ensuite vers l'orc au pavois et lorsqu'ils se trouvent à environ deux mètres l'un de l'autre, l'orc attaque avec son étoile du matin tout en étant couvert avec son pavois. La sphère métallique de son arme percute la lame de l'épée longue et glisse sur le long de celle-ci vers le sol. Moins d'une seconde après, l'Arpenteur effectue un puissant coup de pied droit sur le pavois, repoussant ainsi l'orc en arrière. Ce dernier perd son équilibre et tombe à terre, renversant au passage deux de ses camarades (la pente a également beaucoup aidé).

Cela a finalement donné à l'Arpenteur un court instant pour prendre la fuite vers le sommet de la pente. Soudain, il entend la sonnerie d'un cor dont le son est grave mais surtout très mal accordé. Lorsqu'il se retourne, il voit une douzaine d'orcs, et ceux-ci ne sont pas ceux qu'il avait vaincu. Il s'agit de renforts qui courent vers lui.

Lorsqu'un orc réussit à atteindre le point le plus élevé de la pente, sans hésiter, l'Arpenteur le frappe du haut de son côté droit vers le bas de son côté gauche. Le violent coup d'épée longue atteint la tête de cet orc, mais heureusement pour lui, il porte un heaume. Par contre, ce coup est d'une telle puissance que cela l'étourdit un très court instant. L'Arpenteur n'hésite pas à enchaîner avec un violent coup de pied gauche sur le torse de cet orc, ce qui le renverse en arrière, faisant ainsi tomber quatre autres orcs.

Un nouvel orc arrive vers l'Arpenteur, qui place sa lame devant lui et vers le bas en direction de son adversaire. Avançant son pied droit devant son pied gauche, sa lame s'avance automatiquement par la même occasion. L'orc a eu le réflexe de se mettre en garde pour se protéger de cette attaque, mais il perd de ce fait l'équilibre, pour finalement renverser deux autres orcs.

Il ne reste plus que quatres orcs en train de grimper la pente en file indienne, étant donné l'étroitesse qu'offrent les pins. Lorsqu'un de ces orcs a l'Arpenteur à sa portée, il effectue de sa main droite une attaque de son épée à une main et à un tranchant. Mais n'ayant que très peu d'équilibre à cause de la pente, son attaque échoue très facilement. L'homme encapuchonné pose son poignet droit tenant son arme sur le poignet de cet orc et serre celui-ci avec la fusée de son épée longue. Tirant le poignet adverse vers sa droite, il pousse en même temps de sa main gauche le coude droit de l'orc, lui faisant ainsi une clé de bras qui le met à genoux. Enfin, il lui assène un violent coup de pied droit sur son visage qui le pousse sur la descente en direction des autres orcs.

Suite à l'application de cette technique martiale, l'Arpenteur rengaine son épée longue. Il court vers le buisson pour récupérer de sa main gauche le sac à dos contenant le petit chat, toujours apeuré et miaulant de sa voix aiguë avec beaucoup de frayeur. Il peut enfin entamer sa fuite.

- 3 -
Arc et animaux

Dans sa fuite, l'Arpenteur entend de nouveau le cor des orcs, ainsi que les cris de guerre de ces derniers. Tournant brièvement sa tête derrière lui durant sa fuite, il voit d'autres orcs armés et surtout très enragés. N'ayant pas eu le temps de les compter, il sait néanmoins qu'ils sont encore plus nombreux que lors de l'affrontement sur la pente aux pins serrés. Une soixantaine de mètres environ sépare l'Arpenteur de ces orcs, mais si sa fuite prend trop de temps, cette distance risque de se réduire. Il lui fallait donc maintenir celle-ci, ou mieux, l'agrandir si cela est possible.

Il finit par s'arrêter et pose le sac à dos par terre. Le petit chat miaule toujours de sa voix aiguë, toujours apeuré par la situation. L'Arpenteur se retourne et voit les orcs s'approcher très rapidement.

Sans plus attendre, il dégaine son arc recurve de chasse. Il se tient bien droit, ses pieds écartés et parallèles à ses épaules. Tournant sa tête vers sa gauche, il voit une douzaine d'orcs se ruer vers lui. Son bras gauche qui tient l'arc longe le long de son corps. De sa main droite, il prend une flèche de son carquois, cale l'empennage sur la corde et place la tige sur le repose-flèche. Son index droit est sur l'empennage et au contact de la corde, tandis que son majeur et annulaire droits sont en-dessous, aussi au contact de la corde. Il met ensuite ses mains à droite de son visage (toujours tourné vers sa gauche), et tend ensuite son bras gauche dans la même direction que son visage et son regard, et en même temps, il place sa main droite sous sa mâchoire. Ce geste lui permet d'armer son tir, tenant cette posture en moins de deux secondes, ce qui lui suffit largement pour viser un orc (au-delà, au vu de la tension de son arc, il tremblerait et cela le gênerait dans sa précision de tir). De son index, son majeur et son annulaire droits, il relâche la tension et d'un coup, la flèche part, pénétrant la besantine d'un orc, l'impact le projetant à terre et en arrière.

L'Arpenteur recommence cette opération afin de tirer sur un autre orc. Et encore un autre. Puis un autre. Quatre orcs tombent à terre de ses flèches. Il recommence à nouveau. Trois autres orcs à terre. Son but n'est pas forcément de cibler précisément un point vital d'un orc pour le tuer, ni même de le tuer tout court, mais plutôt de cibler un orc de manière global afin que le tir fasse mouche et qu'il soit immobilisé (que la flèche le tue ou pas).

Malgré qu'il souffle un bon coup pour se détendre très brièvement, le stress du combat ne diminue pas. Au contraire ! Des renforts orcs arrivent. L'Arpenteur en compte neuf qui sont en train de se ruer vers lui. Il lui fallait donc un moyen de les vaincre en un seul coup, ou sinon, il serait débordé par le nombre (surtout qu'il y a d'autres orcs en plus de ceux-là).

Prenant une flèche de son carquois, il la pose sur son front, la pointe vers le ciel, puis ferme ses yeux pour se concentrer. Cette pointe s'illumine soudainement d'une énergie bleu claire, entourée par des traits d'énergie électrique autour d'elle. Ouvrant ensuite ses yeux et armant son prochain tir, en moins d'une seconde, il touche un orc. Lorsque la flèche le percute, un effet électrique entoure la cible qui est soudainement prise de spasmes, puis des traits d'énergie électrique partent de cet orc pour toucher les huit autres orcs. Ils tombent tous à terre, inconscient.

L'Arpenteur abandonne sa posture de tir pour reprendre son souffle, dans l'espoir de relâcher sa tension dû à la bataille qui prend trop de temps selon lui. Mais malheureusement, il n'obtient même pas ce court instant de pause, car un cor orc sonne de nouveau. Six nouveaux orcs se ruent vers lui. Rangeant son arc sur son dos dans l'emplacement dédié pour cette arme, il tend ses bras en avant et ferme ses yeux. Ses mains bien ouvertes, il prononce une formule. D'un coup, aux pieds de ces orcs, le sol se met à craquer. Des lianes en sortent et les ligotent très fortement, les immobilisant ainsi.

Bien que ce pouvoir de l'Aether soit puissant et permet à l'Arpenteur de gagner du temps, il n'en a pas non plus énormément. Il lui fallait donc fuir et sauver ce petit chat (ainsi que sa propre vie). Mais avant cela, il sort de sa sacoche son smartphone et trace un nouveau signe. Contrairement à celui permettant de localiser une créature, ce signe est bien plus complexe et prend plus de temps à tracer. Après cela, l'homme encapuchonné lève sa main droite vers le ciel, son index et majeur droits tendus, les autres doigts pliés. Une onde sonore se propage de ses doigts tendus.

– "C'est trop pour moi seul." admet l'Arpenteur à haute voix. "Ce petit chat a besoin de vous. J'ai une foi totale en vous. J'ai confiance en vous."

Il prend ensuite de ses deux mains le sac à dos contenant le petit chat et le serre contre sa poitrine. Sans plus attendre, il prend la fuite. Et il a bien fait, car un des orcs réussit à se libérer de l'étreinte des lianes ! L'homme encapuchonné, courant très rapidement jusqu'à dépasser son endurance physique, entend de nouveau un cor d'orc ainsi que leurs cris de guerre. Dans sa course, des flèches, des carreaux d'arbalètes et même des balles d'armes à feu le poursuivent. Mais heureusement pour lui, aucun projectile ne réussit à faire mouche.

Bien qu'étant surentraîné d'un point de vue martial et également sportif, l'Arpenteur a déjà dépassé ses limites physiques. Il sent la fatigue le mener très durement. Soudain, un orc fait irruption devant lui. Armé d'un fusil à pompe, il tire ! Ayant vu le danger peu de millisecondes avant cette action, l'homme encapuchonné plonge vers son côté droit et tourne sur lui-même afin que son dos percute le sol, dans le but de protéger le petit chat. Cela s'est passé juste avant ce tir de fusil à pompe, mais c'était vraiment de justesse. Il serre très fortement contre lui ce sac à dos.

– "Je te protégerai, petit chat." tente de le rassurer l'Arpenteur, le félin toujours apeuré et miaulant de peur de sa voix aiguë. "Je te protégerai jusqu'au bout."

– "Tu es fini, Arpenteur !" crache l'orc au fusil à pompe. "Rends-nous la bestiole !"

Le miaulement du petit chat devient encore plus aigu, manifestant ainsi sa peur encore plus grande.

Les autres orcs qui poursuivaient l'Arpenteur arrivent, et l'homme encapuchonné en voit encore d'autres autour de lui. Même s'il est bien supérieur qu'eux d'un point de vue martial, malheureusement, le nombre a fini par avoir raison de lui. Sans compter qu'il est vraiment à bout de souffle. Et en très mauvaise posture. Il ne sait plus quoi faire !

Soudain, au loin, des cris d'animaux se manifestent, et apparemment, ils ne sont pas très amicaux. D'un coup, la tête de l'orc au fusil à pompe est arrachée de son corps. Une forme brune très grande et très massive s'en est chargé. Un ours brun !

De tous les côtés arrivent de nombreux autres animaux. Ils chargent les orcs avec tellement de puissance que le sol se met à trembler. Des ours charcutent les orcs de leurs griffes. Une meute de loups sautent sur d'autres orcs pour arracher leurs cous. Des cerfs transpercent de leurs cornes. Des faucons plongent pour planter leurs serres. Des chats sylvestres bondissent et entailles de leurs griffes. Des petits rongeurs s'infiltrent dans les vêtements des orcs et mordent jusqu'à la mort de leurs proies. Et bien d'autres animaux de la forêt se manifestent.

C'est un véritable massacre ! Mais cela est justifié. En effet, si une malfaisance s'en prend à la nature, et que quelqu'un fait appel à elle, celle-ci rend la justice. Cela soulage l'Arpenteur, ému de voir cette action de la nature (même s'il est habitué à être témoin de ce genre de manifestation). Le petit chat s'arrête de miauler et regarde le spectacle à travers une ouverture du sac à dos. L'homme encapuchonné sent que les sentiments de peur de cet animal sont en train de s'estomper progressivement. Il peut se détendre réellement et enfin souffler un bon coup !

- 4 -
Petit chat à sa maman

Il est 10h37. Une heure et seize minutes se sont déroulées depuis la manifestation de la nature et la colère animale sur les orcs. Maintenant, l'Arpenteur est sorti de la Forêt des Conifères Obscurs. Tenant de ses deux bras le sac à dos contenant le petit chat, il se dirige vers une voiture tous terrains garée à l'orée de cette forêt. Ce véhicule, une Eldeon modèle Sylvepass, est de couleur verte foncée mate. Ses formes sont arrondies et cette voiture est plutôt massive, sans toutefois l'être autant qu'un 4x4. L'Arpenteur sort de sa sacoche une clé et appuie sur un des boutons qui sont dessus. Le verrou des portières se déverrouillent. C'est sa voiture.

– "En route vers Collardrie, petit chat." lui dit l'homme encapuchonné à voix haute. "Ta maman sera très heureuse de te retrouver."

Entré dans sa voiture, il pose le sac à dos sur la place avant droite et attache celui-ci avec la ceinture. L'Arpenteur démarre sa voiture et se dirige vers la commune de Collardrie, située à 28 kilomètres au sud-est de la Forêt des Conifères Obscurs. Roulant sur une route limitée à 90 km/h, cela le fait arriver vers 10h55 à Collardrie. Il se gare dans un parking payant en plein centre-ville, puis se rend au Félin Brasseur, un des bars les plus branchés de la commune, avec ses nombreux concerts et animations en soirée. L'Arpenteur a rendez-vous sur la terrasse, et plus particulièrement à une table où se tient une jeune fille avec de long cheveux bruns et une frange sur son front. Dans sa vingtaine, plutôt mignonne, elle porte une paire de lunettes roses foncées qui met en avant ses yeux bleus clairs. L'homme encapuchonné s'assoit en face d'elle et retire sa capuche, lui révélant ainsi ses yeux verts légèrement plus brillant que la normale, ses cheveux châtains très courts, surtout sur les côtés, et une paire de cicatrices vertes presque lumineuses sur sa joue gauche partant du bas de sa mâchoire en direction de son œil gauche et s'arrêtant à hauteur de son nez.

  Une jeune serveuse arrive vers eux pour prendre leur commande. L'Arpenteur prend une chope de 50 centilitres de bière blanche de la marque Blé en Bulles, la jeune fille choisit plutôt une chope de 25 centilitres de bière ambrée de la même marque, ainsi que de l'eau pour le petit chat. La serveuse retourne ensuite au bar pour préparer leurs commandes.

  – "Voilà votre bébé." dit l'Arpenteur à la jeune fille, lui tendant le sac à dos qu'il vient d'ouvrir.

  Le petit chat saute soudainement du sac vers la jeune fille. Celle-ci la prend dans ses bras contre elle comme une mère avec un nouveau-né. Il s'agit d'un petit chaton âgé d'environ deux mois. Celui-ci est tigré gris clair avec des rayures noires, et de grands yeux verts.

  – "Mon bébé !" s'exclame la jeune fille brune à lunettes avec émotion et larmes. "Je pensais ne plus jamais te revoir ! Viens voir ta maman !"

  Le petit chat est très heureux de retrouver sa maman. Il est en train de la câliner et de ronronner très fort.

  – "Merci énormément, monsieur l'Arpenteur !" remercie très sincèrement la jeune fille. "Merci énormément d'avoir sauvé mon bébé !"

– "J'en suis très heureux." lui dit l'Arpenteur, qui lui sourit.

L'homme tente de caresser le petit chat de sa main droite, mais d'un coup, celui-ci agrippe de ses pattes avant le bras droit de l'Arpenteur, puis le mordille successivement, ses pattes arrière grattant rapidement le bras de l'homme. Il fait cela tout en ronronnant.

– "Il vous adore." lui explique la jeune fille. "C'est un peu sa manière de vous remercier, même s'il le fait avec ses dents et ses griffes."

– "Je vois qu'il y va fort, il exprime grandement sa joie." remarque l'Arpenteur tout en ressentant la douleur des crocs et des griffes du petit chat tigré. "Mais je suis content d'avoir fait une très bonne action, c'est mon devoir en tant qu'Arpenteur."

– "Heureusement qu'il y a des personnes comme vous." lui dit la jeune fille. "Un protecteur de la nature et des animaux. Ce n'est pas si courant chez nous."

– "Il ne reste que très peu des nôtres." ajoute l'homme avec une certaine mélancolie.

La jeune serveuse arrive avec la commande. L'Arpenteur insiste pour régler la totalité, tout en laissant en bonus un pourboire. Il fête avec la jeune fille brune à lunettes le retour du petit chat tigré.

Après 14 minutes, vers 11h09, l'Arpenteur dit "Au revoir" à la jeune fille et au petit chat, leur souhaitant tout le meilleur, puis quitte la table et ensuite la commune de Colladrie. La jeune fille est maintenant seule avec son bébé, pensive et regardant vers le ciel.

– "Protéger la nature… Protéger les animaux…" se dit-elle à voix haute.

Elle médite pendant une trentaine de secondes.

– "Il a raison, mon bébé !" s'exclame-t-elle très vivement, ses yeux pétillant comme si elle venait de recevoir une révélation. "C'est ça que je veux !"

- 5 -
La cité de Blanchesol

De Collardrie à Blanchesol, en voiture et sur la route principale, cela prend environ 45 minutes si on respecte le code de la route (ici limitée à 90 km/h) mis en vigueur dans les Terres d'Anordor. L'Arpenteur a donc mis ce temps pour faire ce trajet. Il reconnaît immédiatement la cité de Blanchesol lorsqu'il la voit de loin lors du trajet. Il faut dire qu'elle est très facilement reconnaissable.

La cité de Blanchesol est située sur une colline. Une fortification entoure la base de celle-ci, et une autre à l'intérieur à la moitié de son altitude. Un axe de chemins de fer traverse cette colline d'ouest en est. D'ailleurs, lorsque l'Arpenteur s'approche de Blanchesol, il voit un train sortir de la colline et se diriger vers l'ouest (vers sa droite par rapport à son champ de vision).

À l'entrée de Blanchesol, pour les voies automobiles, il y a une zone de péage avant d'entrer dans la première fortification (ou de sortir, ça dépend du sens de la circulation). Bien qu'il y a un nombre important de véhicules, le passage est plutôt fluide car les conducteurs ne perdent pas de temps à régler en monnaies physiques pièce par pièce (on adopte plutôt la carte de crédit, bien plus rapide), et aussi parce qu'il y a heureusement plus d'une seule voie d'entrée/sortie. Ajoutons également que le contrôle d'identité est obligatoire. Les conducteurs jouent le jeu, ce qui favorise cette fluidité (et s'il y a un récalcitrant irréfléchi, il est mis à part par les gardes afin de ne pas gêner le trafic). Pour l'Arpenteur, cela se fait sans problème, car le fait de scanner sa carte d'identité pour ce contrôle indique également aux gardes ses appartenances et ses missions.

Une fois passé la première fortification, l'Arpenteur parcourt la cité à la recherche d'un des lieux les plus importants au centre-ville, là où il peut se garer le plus facilement (même s'il doit payer le parking, ce qui est en général le cas dans cette partie de la cité). Il se dirige vers le quartier où se trouvent en plus grand nombre les bars et les restaurants. Ça tombe bien, il est bientôt midi, l'heure de déjeuner. L'homme encapuchonné trouve très facilement où garer sa voiture. Il faut dire qu'il connaît très bien Blanchesol, sa géographie et son histoire.

Blanchesol est devenue la deuxième cité la plus moderne de tout Énoria (la première étant la cité d'Esharnon, située au nord-ouest de la République d'Arkhandia). Elle est également la plus cosmopolite en ce qui concerne la répartition la plus équilibrée parmi les peuples (là où par exemple, dans certaines communes, les humains sont les plus majoritaires). Bien qu'elle existe depuis plusieurs siècles, elle ne doit son rayonnement que depuis seulement 80 décennies, à l'aube de l'actuelle ère numérique suite à la bataille qui opposait ce qui restait des forces de Blanchesol contre la grande armée de hobgobelins dirigée par le dragon-vampire Tharundzar.

En effet, l'actuelle dirigeante de Blanchesol, la très célèbre princesse demi-elfe Aurala Ordelame, auparavant une ancienne aventurière d'origine roturière, a obtenu le pouvoir sur cette cité après avoir vaincu elle-même en duel Tharundzar. Sa prise de pouvoir a inauguré l'ère numérique actuelle, qui est due à son envie de modernité et de confort pour tous après avoir découvert la cité d'Esharnon durant une de ses nombreuses aventures. Touchée par ce que la technologie avancée peut apporter à tous, surtout pour les plus humbles et les plus modestes, Aurala a eu le désir de partager cela dans les Terres d'Anordor. Déjà admirée et aimée en tant qu'aventurière parce qu'elle pensait aux intérêts des autres avant les siens, Aurala l'est toujours de nos jours, car toutes ses décisions ont été faites pour son peuple, en priorité pour les plus démunis et les plus pauvres avant les plus riches et les plus privilégiés. Certains disent que le fait qu'elle ne soit pas 100% humaine, et que son côté humain ne soit pas dominant du tout, joue énormément dans son côté empathique pour son peuple car grâce à cela, elle ne possède pas les tares propres à l'humanité connue pour sa tendance à l'égoïsme et à la corruption. Elle met toujours à profit sa longévité elfique pour aider son prochain. Cela a pour bénéfices une très forte diminution de la pauvreté dans les rues, qui est quasi inexistante (ce qui est inédit dans tout Énoria), ainsi qu'une ambiance très joyeuse et très accueillante dans Blanchesol, contribuant ainsi à son rayonnement.

    Et cela se voit aujourd'hui de nos jours, lorsque l'Arpenteur se promène dans la rue du Feu Apaisant, là où se trouvent les bars et les restaurants les plus appréciés. Un groupe de jeunes étudiants prend du bon temps aux Chopes Rieuses. Une famille commence à entrer dans la Poêle Chantante après avoir examiné la carte qui est exposée devant. Trois ouvriers nains du bâtiment rigolent très joyeusement sur la terrasse de la Flamme Tonnante en racontant des blagues très grossières en-dessous de la ceinture, comme n'importe quel ouvrier du bâtiment (surtout après consommation de plusieurs litres de bières, au vu de leur chope de 2 litres pour chacun de ces trois nains, ainsi que la taille très imposante de leur tireuse à bière sur la table). Un hôte elfe est en train d'accueillir dans son restaurant la Verdure Bénéfique un groupe de touristes cherchant à manger végétarien. En bref, il y a du choix pour passer du très bon temps à table, surtout que le temps est très dégagé avec un magnifique soleil.

L'Arpenteur a fait son choix. Il a envie d'une très bonne côte de bœuf saignante. Son récent combat contre les orcs lui a énormément donné faim. Il se dirige vers le Bœuf Chaleureux, situé sur l'angle d'un pâté avec la rue des Pots Agréables.

- 6 -
L'Overtubeuse elfe

L'Arpenteur se dirige vers le Bœuf Chaleureux dans la rue du Feu Apaisant. Au moment où il traverse la rue des Pots Agréables qui la traverse, il subit soudainement un violent choc venant de sa droite qui le fait tomber à terre vers sa gauche. L'homme encapuchonné, grâce à ses réflexes martiaux dûs à un long entraînement, réussit à se réceptionner de justesse en ayant eu ses bras pliés et ses mains ouvertes qui se plaquent sur le sol, lui permettant ainsi d'atténuer grandement les dégâts.

Il se relève et cherche en même temps ce qui l'a bousculé. Sa capuche en arrière, mettant à nu sa tête, il voit une jeune fille blonde à longues couettes hautes. À terre elle aussi suite à la bousculade involontaire, dans une position assise maladroitement sur le sol, elle porte un débardeur violet bien moulant, une mini-jupe plissée rose claire, des chaussettes montantes extra hautes violettes comme son débardeur aux bords roses, et des baskets roses vifs. Sur ses bras nus, elle porte sur ses biceps des bracelets verts turquoises avec des pierres polies vertes claires dessus, et sur ses avant-bras, des bracelets de la même couleur. Enfin, elle porte une ceinture verte turquoise comme ses bracelets, avec des pierres similaires dessus, et une petite sacoche de la même couleur à sa droite.

Ce qui est facilement visible chez cette jeune fille, c'est qu'elle est vraiment très mignonne, mais surtout très petite. Ajoutons à cela qu'elle a l'air très jeune, à peine une adolescente (sans compter son look de petite écolière). Si ce n'est certains détails que l'Arpenteur a remarqué. Malgré son apparence de pré-adolescente, elle a malgré tout des formes plutôt bien développées. Et surtout, il y a un élément qui fait qu'il a affaire à une jeune fille majeure, et non à une enfant : ses oreilles finissant en pointe. Une elfe, plus âgée que ce qu'elle en a l'air, si on se fie à des critères physiques purement humains.

– "Aaaahh ! Désolée, monsieur !" s'écrie très vivement la jeune elfe de sa voix aiguë de petite fille, qui vient de reprendre ses esprits et de voir de ses yeux verts l'Arpenteur qu'elle vient de bousculer. "Vous allez bien ? Je suis…"

La jeune elfe blonde s'interrompt brusquement pour regarder derrière elle.

– "AAAAAAHHHH !!!! MON LIVE OVERTUBE !!!!" s'exclame-t-elle de nouveau en voyant son smartphone rose bonbon par terre, et sur lequel est attaché une perche à selfie qui est déployée.

L'Arpenteur voit la petite elfe blonde ramasser son smartphone, pour ensuite tenir la poignée de la perche à selfie de sa main gauche un peu plus haut que son visage, son bras gauche tendu en avant, pour finalement la voir parler face à son appareil.

– "Je suis désolée !" continue la jeune blonde. "Quand je voulais montrer à mes viewers la rue des Pots Agréables très animée aujourd'hui, je ne voyais pas derrière moi." Elle tourne sa tête en direction de l'homme. "Hé ! Regardez ! C'est un Arpenteur !" Elle s'approche de lui tout en maintenant son smartphone dans la même position, de manière à la filmer elle et lui. "On n'en voit pas beaucoup, des Arpenteurs."

Celui-ci comprend très rapidement ce qu'est en train de faire la jeune fille. À l'évidence, cette petite elfe est une créatrice de contenus sur Overtube, en train de faire un direct sur sa page.

– "Je dois aller à la Guilde des Vardènes." lui dit l'Arpenteur. "Mais je vais d'abord déjeuner."

– "Vous faites partie de la Guilde des Vardènes ?" lui demande la jeune blonde, toujours en live et avec le même ton d'excitation.

– "Je suis parfois consultant pour eux." lui répond-il très simplement.

– "C'est trop génial !" s'exclame-t-elle avec un ton encore plus joyeux. "Je suis moi-même une Vardène !"

– "On pourrait déjeuner tous les deux, puis ensuite aller à la Guilde ensemble." lui propose-t-il.

– "Vous avez vu ça ? J'ai un rencard avec un Arpenteur, qui a des liens avec la Guilde des Vardènes, et en plus, il me propose de déjeuner avec lui ! C'est une trop belle journée ! Je vais couper mon live. À bientôt pour un nouveau live des Journées de Vivanie !"

Elle met fin à son direct sur Overtube.

L'homme se lève, suivi de la petite elfe blonde à couettes hautes (elle est vraiment très petite par rapport à lui, le haut de sa tête atteint à peine le bas des pectoraux de l'homme).

– "Je m'appelle Eradan." se présente enfin l'Arpenteur. "Eradan Tardarion."

– "Enchantée ! Moi c'est Vivanie Lifiniel !" se présente à son tour la petite elfe d'un ton très joyeux.

Ils se dirigent ensemble vers le Bœuf Chaleureux, là où Eradan avait prévu de déjeuner au départ.

- 7 -
Déjeuner au Bœuf Chaleureux

Eradan et Vivanie sont maintenant tous les deux à l'entrée du Bœuf Chaleureux. Une jeune serveuse humaine les amène à une table à l'intérieur, étant donné que celles à l'extérieur en terrasse sont toutes occupées. Ils prennent leurs commandes et peu de temps après, la jeune serveuse leur apporte leurs bières. Chacun a pris une chope de 50 centilitres de bière ambrée de la marque Plaisirs Mousseux. L'Arpenteur et la petite elfe profitent surtout de ce déjeuner pour mieux se connaître tous les deux.

– "Je ne t'ai jamais vue dans la Guilde." lui dit Eradan. "Tu n'es pas de Blanchesol ?"

– "Je suis arrivée à Blanchesol il y a environ 4 mois." lui explique Vivanie. "Et je ne fais partie de la Guilde que depuis 2 semaines seulement. Je n'ai pas encore eu ma première mission en tant que Vardène."

Eradan examine attentivement Vivanie. Pas seulement parce qu'elle est vraiment très mignonne avec son visage joyeux de petite écolière et ses couettes hautes, mais aussi parce que ne se fiant pas bêtement aux apparence comme un demeuré, comme le ferait la très grande majorité des individus, il perçoit également en elle quelque chose qui fait qu'il n'a aucune doute qu'elle puisse vivre une vie aussi dangereuse que celle d'un Vardène.

– "Qu'est-ce qui t'a motivée à faire partie de la Guilde ?" lui demande-t-il, ayant déjà bu la moitié de sa chope de bière.

– "Après avoir fini ma formation à l'Académie de l'Aether, j'ai eu envie de parcourir les Terres d'Anordor, et d'y trouver les plus grands mystères sur l'Aether." lui répond-elle. "J'aime également l'Histoire. J'ai créé ma page Overtube sur l'Aether et sur l'Histoire."

Elle lui montre certaines de ses vidéos dans son smartphone rose bonbon, un appareil de la marque Aetherone. Il la voit dans des musées, dans des ruines, ou dans des fouilles archéologiques.

– "Elles sont vraiment pas mal, tes vidéos, et tu passes plutôt bien à l'écran." la complimente-t-il, ce qui fait légèrement rougir la petite elfe, auquelle il ne lui reste qu'un quart de bière dans sa chope.

La jeune serveuse arrive avec les plats commandés : une côte de bœuf saignante de 600 grammes avec des frites pour Eradan, et un hamburger à base de galettes de pommes de terre entourant un steak saignant et accompagné d'une salade verte pour Vivanie. Puis elle enchaîne ensuite très rapidement vers d'autres tables, les clients étant très nombreux au restaurant.

– "Au fait, pourquoi un Arpenteur travaillerait avec les Vardènes ?" lui demande Vivanie. "De ce que j'en sais, les Arpenteurs préfèrent être en retrait et combattre le Mal dans l'ombre."

– "Tu as raison. On est plus à l'aise en milieux naturels et en forêt plutôt qu'en communautés. Mais je pense aussi qu'en tant qu'Arpenteur, mes aptitudes peuvent être utiles pour les Vardènes. Je suis parfois formateur pour eux, pour leur apporter mes connaissances sur la nature et sur les animaux."

Pendant le déjeuner, Vivanie elle aussi examine Eradan. Pas seulement parce qu'elle le trouve pas mal et surtout très à son goût, mais aussi parce qu'elle a remarqué sa paire de cicatrices vertes lumineuses sur sa joue gauche.

– "Tes cicatrices émettent une faible lueur. C'est pas courant." observe Vivanie.

– "Ah, ça ?" lui montre Eradan. "Ça vient d'un ours brun que j'ai sauvé. Il était possédé par un effet du Nether, l'Aether…"

– "… corrompu." continue Vivanie avec une certaine tristesse. "J'ai étudié le sujet pendant ma formation. Si une personne est égoïste, et si en plus elle est tournée vers le Mal, elle ne pourra pas utiliser l'Aether, car c'est un don qui nous est offert par Éruvéah, notre Dieu de Tout. Mais certaines personnes ont accès à un Aether corrompu par l'influence Maeriloth, l'ange ultime du Mal. Le Nether."

– "Tu as bien révisé tes cours de cosmologie, à ce que je vois. Mais oui, Éruvéah nous a offert l'apprentissage de l'utilisation de l'Aether pour embellir notre planète et améliorer notre vie de tous les jours. Mais depuis l'apparition du Nether, il nous a aussi donné la possibilité d'utiliser l'Aether pour combattre le Mal."

– "Et l'ours ?" lui demande Vivanie avec inquiétude, envieuse de connaître la suite de l'histoire.

– "J'ai fait face à cet ours enragé à cause du Nether. Ça a été très difficile, même en utilisant l'Aether pour tenter de communiquer avec lui afin de le calmer. J'ai finalement réussi, mais j'ai esquivé de justesse ses coups de griffes. Ses attaques étant empoisonnées via le Nether, il a fallu par la suite appliquer des soins spécifiques. Et voilà ce que ça a donné." Il lui montre ses cicatrices. "Quant à l'ours, des druides du nord sont intervenus pour le purifier du Nether. Ils nous ont beaucoup aidé, vu qu'il y a également d'autres animaux victimes de cette malfaisance. On a ensuite fini par attraper les responsables de cette maltraitance animale, et ils ont eu comme punition le jugement primal."

Eradan lui explique en quoi consiste ce jugement. En fait, cela est similaire à ce qu'il a vécu dans la Forêt des Conifères Obscurs, lorsque les animaux ont rendu leur verdict aux orcs. Plus juste que ne peut jamais l'être un jugement humain, et surtout incorruptible, si on s'en prend à la nature et aux animaux, et qu'on fait appel à eux, notamment grâce à un rituel de l'Aether, leur réponse est forcément très redoutable.

– "C'est bien fait pour eux !" s'exclame Vivanie. "On ne touche pas à la nature et aux animaux !"

Eradan lui sourit, car elle et lui sont tout à fait sur la même longueur d'onde.

Après avoir fini de déjeuner, chacun ayant pris comme dessert un bol de deux boules de sorbets glacés (framboise et citron pour Eradan, fraise et litchi pour Vivanie), la jeune serveuse revient avec l'addition.

– "Je paye pour nous deux." dit Eradan à la jeune serveuse, qui n'oublie pas de lui ajouter un pourboire (car serveur(se), c'est un métier très difficile, ça mérite quand même un pourboire !).

Cela fait rougir un peu Vivanie, car un homme qu'elle vient de rencontrer est en train de l'inviter au restaurant.

- 8 -
La Guilde des Vardènes

Après avoir fini de déjeuner, Eradan et Vivanie se dirigent vers la voiture de l'homme, qui emmène la petite elfe vers sa voiture, une petite citadine, une Nezano Mini de couleur bleue ciel plutôt brillante. Chacun dans leurs véhicules, ils se dirigent vers la Guilde des Vardène de Blanchesol. Leur trajet les mène parfois dans les souterrains de la cité sous la colline. Car en effet, une des particularités de Blanchesol, c'est le fait qu'il s'agit d'une cité bâtie sur une colline, mais également sous la surface de celle-ci. La raison est que certains peuples, tels que certaines communautés naines par exemple, sont plus à l'aise pour vivre sous terre plutôt qu'en ayant le ciel au-dessus de leurs têtes.

Le trajet vers la Guilde des Vardènes de Blanchesol ne dure que 7 minutes environ. Ils se garent dans un parking situé face à un imposant bâtiment ressemblant à un fort en pierres blanches très claires. L'entrée principale est très identifiable, non seulement parce qu'elle est très spacieuse, mais aussi parce qu'au-dessus de celle-ci se trouve un logo représentant une main droite blanche ouverte, tendue face à celles et ceux qui la regardent, le tout dans un écu bleu foncé aux bords dorés. Au-dessus de ce logo, on peut lire "Guilde des Vardènes".

La Guilde des Vardènes a été fondée par Aurala Ordelame après qu'elle a obtenu le pouvoir sur Blanchesol. Étant auparavant une ancienne aventurière avec un nombre conséquent d'aventures et de quêtes accomplies, elle a vu le bien que des aventuriers peuvent apporter à autrui, à condition bien sûr que leurs comportements soient exemplaires et que leurs orientations morales soient tournées vers le Bien. Voulant en quelque sorte officialiser cette fonction d'aventurier, elle a donc créé la Guilde des Vardènes dans le but d'apporter le soutien et l'espoir aux personnes secourues ainsi qu'à celles et ceux qui deviennent des Vardènes. Effectivement, tous peuvent le devenir, qu'ils aient déjà un métier ou non (d'ailleurs, sur ce dernier point, grâce à Aurala Ordelame, cela a considérablement réduit le taux de chômage). Ajoutons également qu'une carrière de Vardène rapporte un revenu énorme, au point qu'une seule mission permet de gagner bien plus qu'un salaire mensuel provenant d'autres métiers. Par contre, le genre de vie d'un Vardène est très dangereux, allant même jusqu'à risquer sa propre vie, ce qui, au final, le fait d'en être un n'est pas à la portée de tous. Enfin, la Guilde des Vardènes a eu tellement de succès peu d'années après sa création qu'elle s'est exportée au-delà de Blanchesol, vers d'autres communes sur toutes les Terres d'Anordor, et même au-delà vers d'autres pays. Toute cette organisation est gérée depuis Blanchesol.

Eradan et Vivanie entrent dans ce bâtiment. Ils arrivent dans un immense hall où ils peuvent voir plusieurs tableaux d'affichage, des ordinateurs en libre accès, ainsi que des salles d'attente avec des distributeurs de nourriture et de boissons. Au centre se trouve le comptoir qui sert d'accueil. Au-dessus de celui-ci est suspendu un panneau bleu marine aux bords dorés, et sur lequel est inscrite de cette même couleur dorée la devise des Vardènes :

Je tends ma main pour aider celles et ceux qui en ont besoin.

Je tends ma main pour protéger celles et ceux qui ne peuvent pas se défendre.

Je tends ma main pour secourir celles et ceux qui sont affligés.

Je tends ma main pour donner de l'espoir à celles et ceux qui n'en ont plus.

Ma main est le symbole pour celles et ceux qui aspirent à une vie meilleure et en paix.

– "Bon… on dirait que c'est là que nos chemins se séparent…" déclare l'Arpenteur, qui ressent en lui une certaine tristesse de devoir laisser la petite elfe blonde, parce qu'il s'est vraiment beaucoup attachée à elle.

– "Oui…" déclare à son tour Vivanie, regardant légèrement sur son côté gauche et vers le bas, avec le même sentiment de tristesse elle aussi, car elle apprécie énormément Eradan.

– "On ne se quitte pas vraiment, et qui sait, on fera certainement des missions ensemble." tente de rassurer Eradan.

– "Ah ! Te voilà !" interrompt une voix de jeune femme.

Une jeune femme humaine aux cheveux châtains, ayant environ l'air d'être dans sa trentaine, arrive près de l'Arpenteur et de la petite elfe blonde. C'est Ayra Nélanne, une des réceptionnistes de l'accueil, et une de celles et de ceux qui distribuent les missions aux Vardènes.

– "Je te cherchais, Eradan." lui dit Ayra. "J'ai une mission spécifiquement pour toi."

– "Ah ! Bonjour Ayra. Qu'est-ce que tu entends par 'spécifiquement pour moi' ?" lui demande-t-il.

– "Nous avons un client qui sait que nous avons un Arpenteur en guise de consultant dans la Guilde des Vardènes, et sachant cela, il a insisté pour que tu sois avec lui dans cette mission en plus des Vardènes que nous lui attribuerons. Tu as maintenant rendez-vous dans la salle de conférence numéro 4." Ayra se tourne vers la petite elfe blonde. "Tu es Vivanie Lifiniel, c'est bien ça ? Vu que cette mission a un rapport avec l'histoire ranelthienne, j'ai pensé que pour ta première mission en tant que Vardène, au vu de ton profil d'historienne, ça pourrait te convenir."

Eradan et Vivanie se regardent dans les yeux et ont soudainement le même sentiment. Si l'Arpenteur savait se contenir en lui montrant juste un sourire, en revanche, Vivanie exprime très grandement sa joie, et cela se voit sur son visage, avec ses grands yeux verts et sa bouche grande ouverte.

– "Finalement, on fera encore un bout de chemin ensemble." dit Eradan à Vivanie en lui souriant.

– "Oui !" s'exclame Vivanie très joyeusement.

– "Ils vous attendent." finit par dire Ayra.

- 9 -
Présentation en réunion

Ayra mène Eradan et Vivanie vers la salle de conférence numéro 4. Un homme aux cheveux blonds courts, aux yeux bruns, et ayant l'air d'avoir entre une cinquantaine et une soixantaine d'années, est présent, assis sur une des chaises placées près des tables disposées en U. Au fond de cette salle est installée sur le mur, en face de l'ouverture de ce U, un grand écran plat. Celui-ci est allumé et affiche deux écrans, l'un montrant le visage d'une très belle jeune femme aux longs cheveux rouges et aux yeux bleus, l'autre montrant le visage d'un nain brun à la barbe courte, aux cheveux rasés de près, et aux yeux bleus lui aussi.

– "Bonjour, monsieur Avelt. Voici les dernières personnes que nous attendions pour cette réunion." lui dit Ayra en lui montrant Eradan et Vivanie.

– "Ah ! Nous voilà enfin au complet, mademoiselle Nélanne." dit ce dernier à Ayra avec un ton très posé. Son regard se tourne vers Vivanie. "Je vois que vous avez amené une jeune fille qui a l'air très prometteuse." Puis sa tête se tourne ensuite vers Eradan. "Ah ! L'Arpenteur ! Enfin je rencontre un véritable Ranelthien !"

– "Vous êtes ?" demande Eradan à l'homme blond.

– "Oh, désolé, veuillez me pardonner mon impolitesse." s'excuse ce dernier. "Je suis Rand Avelt, un historien travaillant actuellement sur la très riche histoire de la civilisation ranelthienne. Quel immense honneur pour moi que de rencontrer un des héritiers de cet ancien empire !"

– "Si vous avez étudié l'histoire de mon peuple, vous savez que beaucoup de choses sont très loin d'être exemplaires, malheureusement." lui explique Eradan avec un air navré.

– "Vous êtes Rand Avelt ?" lui demande Vivanie. "J'ai lu vos travaux, notamment ceux sur la civilisation ranelthienne et de son influence sur les Terres d'Anordor."

– "Je vois que j'ai une adepte." dit Rand en regardant plus attentivement Vivanie. "Je crois que je vous ai déjà vue, mais pas en présentiel… Oui, c'est ça ! Vous êtes l'Overtubeuse Vivanie Lifiniel ! Vous avez fait mention de certains de mes travaux dans quelques-unes de vos vidéos. C'est plutôt moi qui devrait être flatté !"

– "Bon, on peut commencer, Ayra ?" interrompt la jeune femme aux cheveux rouges. "Je n'ai toujours pas fini ma mission à Vernaville, et j'aimerai bien l'accomplir dans la journée avec les autres qui sont là-bas avec moi."

– "J'ai plutôt tout mon temps de mon côté, même si je suis impatient de connaître le contenu de ma prochaine mission." s'exprime le nain en train de boire une chope de 2 litres de bière brune, qu'il ne cache pas du tout devant son écran.

– "Bien, commençons." s'impose Ayra.

Tous sont finalement assis, Eradan et Vivanie évidemment l'un à côté de l'autre.

– "Faisons très rapidement un tour de table." continue la jeune réceptionniste. "À toi l'honneur, Vivanie."

– "Enchantée !" commence joyeusement la petite elfe blonde. "Je suis Vivanie Lifiniel, une usaethrice et une passionnée d'Histoire. J'ai hâte de commencer ma toute première mission en tant que Vardène." Elle regarde Eradan et lui sourit.

Celles et ceux qui se spécialisent pleinement dans l'utilisation de l'Aether, et qui en étudient pleinement sa compréhension, sont qualifiés d'utilisateurs ou d'utilisatrices de l'Aether. Pour faire plus court, on a fini par employer le terme 'usaether' pour les hommes, et 'usaethrice' pour les femmes.

– "Je suis Eradan Tardarion." enchaîne l'Arpenteur avec un ton plus posé. "Au vu de mon style vestimentaire que vous voyez là, je pense que vous avez effectivement deviné ce que je suis. J'ai cru comprendre que vous avez insisté pour que je sois avec vous pour cette mission, monsieur Avelt."

– "En effet, étant donné mes recherches concernant la civilisation ranelthienne, votre peuple, je me suis dit qu'avoir un Arpenteur avec moi est l'idéal." explique Rand.

– "Continuons les présentations." enchaîne Ayra, qui tourne sa tête vers le grand écran mural.

– "Je suis Alina Delfort." se présente la jeune femme aux cheveux rouge. "En plus d'être une Vardène, je suis également une prêtresse de Lanandria, l'ange maîtresse du Soleil."

– "Très honoré de rencontrer une gardienne de la foi." lui retourne très poliment Rand.

– "Je suis Gardli Rocaford, un chevalier du royaume nain des Monts Ouestford." se présente à son tour le nain, qui entame sa deuxième chope de bière de 2 litres.

– "Je reconnais le blason sur votre poitrine." remarque Rand en observant l'écran affichant le nain, plus particulièrement sur le petit blason sur sa poitrine gauche représentant une main tenant un marteau et deux pignons derrière, le tout de couleur dorée. "C'est celui de la famille royale des Monts Ouestford, m'est avis que vous êtes bien plus qu'un simple chevalier, peut-être même un membre très proche du roi."

– "En effet, le roi est mon cousin." confirme Gardli. "Mais on n'est pas là pour parler de ma famille, passons plutôt à la mission, Ayra." Il ne reste déjà plus que moins d'un quart de bière dans sa chope.

– "Bien, commençons." déclare Ayra.

- 10 -
Le trésor de l'historien

– "Voici votre quête." continue Ayra. "Ces derniers temps, monsieur Avelt a l'impression d'être suivi lorsqu'il travaille sur le terrain pour ses recherches, dans les diverses ruines de la civilisation ranelthienne."

– "Permettez-moi de rectifier, mademoiselle Nélanne, mais ce n'est pas qu'une impression." rectifie Rand. "Vous savez, dans mon métier, lorsque l'on est sur le point de mettre la main sur des indices menant à un savoir inédit, pour certains, il s'agit d'une chasse aux trésors. Je vous épargne les convoitises que cela génère, mais depuis que j'ai trouvé cette tablette…"

Il s'arrête un moment, puis pose ensuite une tablette en pierre au centre de la table, épaisse d'environ 1,5 centimètres et légèrement plus grande qu'une feuille A4.

– "... j'ai déjà été victime d'une tentative de vol de celle-ci dans ma tente." continue Rand. "Heureusement que cela n'a pas abouti, étant donné que j'ai pris le voleur sur le fait, mais celui-ci s'est échappé. Par la suite, j'ai vu au loin quelque chose qui ressemble à des mouvements de troupe."

– "Vous êtes sûr que ces troupes étaient là pour vous ?" lui demande Alina. "Ce n'est pas comme si c'était exceptionnel, malheureusement, avec les forces hobgobelines et les mercenaires qui traînent dans les Terres d'Anordor."

– "Et c'est pourtant bien le cas." se justifie Rand, qui garde une expression calme sans aucune paranoïa. "À chaque fois que j'allais étudier un vestige de la civilisation ranelthienne, je pouvais voir au loin des mouvements de troupes. Malheureusement, je ne pouvais pas les identifier, tout comme le voleur qui a voulu me voler cette tablette, et cela plus d'une fois."

– "Dans tous les cas, l'intervention des Vardènes me paraît justifiée." intervient Gardli, qui vient de finir sa deuxième chope de bière pour entamer une troisième.

– "Pour résumer, nous sommes là pour vous servir de gardes du corps, monsieur Avelt." devine Eradan. "Mais ce n'est pas pour cela que vous avez insisté pour avoir un Arpenteur, n'est-ce pas ?"

– "Vous avez vu juste, monsieur Tardarion. Au-delà de l'aspect 'gardes du corps' comme vous dites, je pense qu'un véritable Ranelthien pourrait m'aider à comprendre certains savoirs de votre peuple, et cela bien mieux que je ne pourrai le faire."

– "Où se trouvent vos prochaines recherches, monsieur Avelt ?" demande Eradan.

– "Malheureusement, je n'ai pas d'idées plus précises que cette tablette." lui répond Rand. "Bien que je connaisse plusieurs langues et dialectes, et que je sois capable de décrire des langages et des codes très complexes, j'ai l'impression que ce qu'il y a sur cette tablette m'échappe. C'est comme si…"

Ayra affiche sur l'écran mural un troisième écran montrant la tablette, afin que Gardli et Alina puissent en profiter. Sur cette tablette, il y a de nombreux traits qui y sont gravés. Ces traits sont tracés dans tous les sens, dans un mélange à la fois chaotique mais aussi avec un semblant d'ordre. Certes, pas forcément dans le sens logique d'une écriture d'un texte, mais on dirait plutôt que ces traits ont été tracés volontairement dans cette sorte de chaos.

– "... comme si seul un véritable Ranlethien pouvait les déchiffrer." ajoute Eradan. "J'ai entendu parler de ce genre d'inscriptions, mais c'est la première que j'en vois de mes propres yeux. Par contre, de ce que j'en sais, c'est que même au sein de la civilisation ranelthienne, ce n'est pas courant."

– "Pourquoi on ferait ce genre d'inscriptions ?" demande Vivanie, qui en même temps prend des notes sur son smartphone.

– "En fait, avant l'ère de l'obscurité religieuse, durant la période où l'empire ranlethien dominaient les Terres d'Anordor, les Ranelthiens avaient développé de très nombreux savoirs technologiques." explique Eradan. "Pour éviter qu'ils tombent entre de mauvaises mains, tout cela était inscrit de la même façon que ce que vous voyez sur cette tablette. Sauf que…" Il s'interrompt, baisse sa tête et regarde sur son côté droit.

– "Sauf que ?" lui demande Rand, curieux de connaître la suite.

– "Ces mauvaises mains sont celles des Ranelthiens eux-même !" explique Eradan, sa tête de nouveau tournée vers les autres. "Au fil des siècles de domination, mon peuple a fini par être la personnification de l'arrogance et de la tyrannie, et tout ce savoir technologique n'avait pour but que la domination et la destruction. C'est tout cela qui a causé leur perte…" Il réfléchit un petit moment, puis il tourne ensuite sa tête vers Rand. "Mais au fait, où avez-vous trouvé cette tablette ? Même en fouillant attentivement les ruines de mon peuple, je ne pense pas que cette tablette puisse se trouver facilement. Même un Arpenteur expérimenté aurait des difficultés à trouver une relique de notre passé."

– "Sans entrer dans les détails, monsieur Tardarion, je dirai que j'ai eu un coup de chance lors d'une de mes fouilles." tente d'expliquer Rand, même si cette justification est peu convaincante pour Eradan.

– "Est-ce que tu peux nous déchiffrer cette tablette, Eradan ?" lui demande Alina. "D'après ce que je comprends, elle doit nous indiquer les prochaines fouilles de monsieur Avelt."

– "Je vais tenter." répond Eradan à Alina. "Ce genre d'inscription est tracé par des traits d'énergie de l'Aether, mais spécifiquement issu du sang d'un Ranelthien." Il pose sa main gauche sur la tablette. "Cela va me demander beaucoup d'efforts et de concentration." Il tourne sa tête vers Vivanie. "Je vais avoir besoin de ton aide, et je sais que tes aptitudes à utiliser l'Aether sont bien supérieures aux miennes."

– "Oui bien sûr, Eradan !" approuve joyeusement Vivanie, qui rougit un peu au compliment que venait de lui faire l'Arpenteur. "Qu'est-ce que je dois faire ?"

Eradan tend sa main droite à la petite elfe blonde.

– "Prends ma main." lui suggère-t-il, ce qui fait rougir un peu plus Vivanie, qui lui prend immédiatement la main de ses deux petites mains. "Tu vas me servir de soutien pour le rituel de l'Aether que je m'apprête à faire."

Eradan ferme ses yeux. Il prononce ensuite quelque chose qui ressemble soit à un poème, soit à une formule rituelle, mais ce qui sort de sa bouche est incompréhensible pour les personnes présentes à cette réunion. Certainement une langue inconnue, et au vu de l'étonnement de Rand qui connaît de nombreuses langues et de nombreux dialectes, il ne comprend pas un mot de ce qu'est en train de prononcer Eradan.

– "Est-ce… Est-ce la langue ranelthienne originelle ?" se demande Rand à voix haute. "C'est la première fois que je l'entends."

Une aura verte lumineuse entoure Eradan lorsqu'il prononce ces mots dans cette langue étrange. Cette aura se dirige ensuite vers la tablette et entoure celle-ci, puis soudain, les traits s'illuminent de cette couleur verte lumineuse. Progressivement, Eradan commence à faiblir. Vivanie comprend ce qu'elle a à faire. Fermant ses yeux, elle prononce une incantation dans une langue plus connue, celle des Elfes des Plaines, et d'un coup, une aura rose lumineuse entoure la petite elfe blonde. D'elle, cette aura traverse Eradan pour finir sur cette tablette et ses traits, formant ainsi une unique aura de couleur orange lumineuse. Cette union revigore Eradan, mais sa récitation par contre prend plus de volume, comme s'il était en train de crier quelque chose. De cette récitation incompréhensible, un mot revient souvent.

Irelnordë.

Plus Eradan disait ce mot, plus il le dit plus fort et avec plus d'intensité. Puis soudain, après environ 3 minutes de récitation, l'aura orange s'estompe. Eradan et Vivanie finissent à genoux, épuisés par ce rituel.

- 11 -
Irelnordë

– "Qu'est-ce que ça a donné ?" s'inquiète le nain. "J'espère que ce n'est pas dangereux ce que vous avez fait."

– "J'ai repéré un mot qui revenait souvent. *'Irelnordë'*. Qu'est-ce que c'est ?" demande Rand. "Une formule de l'Aether ? Un mot de pouvoir ?"

– "Un lieu." répond Eradan qui se lève, complètement essoufflé. "C'était un lieu important pour mon peuple. Un des lieux où le savoir technologique antique se développait. Par contre, la tablette n'en dit pas plus. Seulement sa localisation."

– "Irelnordë. Ça ne me dit rien. Où est ce lieu ?" demande Alina.

– "C'est normal." lui explique Eradan. "Lorsque l'empire ranelthien a éclaté en divers royaumes, les appellations des lieux ont progressivement changé. Et ensuite, lorsque ces royaumes ont à leur tour éclaté, amenant ainsi l'ère de l'obscurité religieuse, ce qu'on connaissait de mon peuple a été oublié. Heureusement que parmi nous, les Arpenteurs, il y a également des historiens qui ont travaillé très dur afin de réunir tout ce qui concerne la civilisation ranelthienne, dont les anciennes appellations. Nous apprenons tout cela dans notre enfance. Irelnordë. C'était un des centres de recherche de l'ancien empire qui se trouvait… Ayra, tu peux nous afficher sur l'écran la carte des Terres d'Anordor ?"

Ayra s'exécute, et une grande carte des Terres d'Anordor s'affiche sur le grand écran mural. Eradan se dirige vers celui-ci.

– "Voilà. D'après ce que j'ai compris, Irelnordë se trouve aux environs d'ici."

Eradan pointe une région au sud-est de Blanchesol. Ayra zoome cette partie de la carte afin d'avoir plus de détails.

– "Ça correspond à la commune de Ventoval." observe Alina. "Effectivement, autour de celle-ci, il y a pas mal de vestiges ranelthiens."

– "J'ai pourtant déjà fait des recherches dans ces ruines." s'étonne Rand. "Mais peut-être que je suis passé à côté de quelque chose.

Ayra remet au premier plan les écrans affichant Gardli et Alina.

– "Je pense que vous avez deviné le lieu de votre prochaine mission." intervient Ayra. "Vous savez ce que vous avez à faire. Je vous laisse le soin de vous organiser vous-même. Et si possible, faites du covoiturage."

– "Quand avez-vous prévu de partir ?" demande Eradan à Rand.

– "Demain matin." lui répond l'historien. "Vers 8h. On peut se donner rendez-vous devant la Guilde."

– "Pourquoi pas." lui dit l'Arpenteur.

– Ça va être compliqué pour nous." explique Alina. "Gardli et moi-même sommes au nord-est des Terres d'Anordor, bien qu'à des lieux différents, pour nos missions respectives. Est-ce qu'il y a une étape dans laquelle on peut tous se retrouver ?"

– "Pourquoi pas ici ?" propose Eradan, qui affiche au premier plan la carte, en indiquant un lieu à mi-chemin, dans la région d'Aeln Far. "Je vous envoie les coordonnées, on se retrouvera là demain vers midi."

– "Pas de problème." lui dit Alina. "Gardli, je viens te récupérer ? Je prends cette fois-ci le volant, et il y a des chances que tu aies déjà consommé beaucoup de bières au moment où je te récupérerai demain."

– "Ça marche !" lui dit Gardli avec beaucoup de joie. "Comme ça, c'est toi qui conduis, c'est moi qui bois !"

Le nain est en train d'entamer sa cinquième chope de bière.

Un bruit de bouteilles décapsulées se fait entendre dans l'écran affichant Alina.

– "C'est bon ! On en a fini avec le serpent des rivières !" crie une voix masculine.

– "Ouais ! Viens avec nous, Alina !" crie une voix féminine. "Rogalt a déjà sorti les packs de bières !"

– "Je suis en réunion !" leur crie Alina, sa tête tournée vers sa droite. "Et ne buvez pas tout ! Laissez-en pour moi ! Pas comme la dernière fois où je n'avais plus de bières parce que vous aviez déjà tout bu !" La jeune prêtresse tourne ensuite sa tête vers son écran. "Je suis désolée, je vais vous laisser. On se retrouve demain vers midi au lieu indiqué, comme convenu, Gardli et moi-même."

– "Si vous pouvez éviter de passer pour des alcoolos, ce serait pas mal, aussi !" rappelle à l'ordre Ayra à Gardli, à Alina mais surtout aux Vardènes qui l'accompagnent dans cette mission du serpent des rivières.

– "C'est vrai, il faut boire avec modération." conseille Gardli, qui vient de finir sa sixième chope et entame sa septième.

– "Le premier ou la première qui me dit 'C'est qui Modération ?', je sors ma naginata, et je lui met un coup avec où je pense !" crie Alina aux autres Vardènes qui l'accompagnent dans sa mission actuelle.

– "Elle va sortir sa naginata ! Hahaha haaa !!!" rigole très joyeusement une voix masculine, qui visiblement a bu bien plus qu'une bouteille de 25 centilitres de bières.

– "Et où elle pense, en plus ! Hahaha haaaa !!!!" rigole une autre voix masculine dans le même ton. "Dans ton c…"

– "Quand je dis 'où je pense', c'est pas forcément 'où tu penses', Renald !" coupe Alina en criant de nouveau. "Et toi Rogalt ! Tout de suite, 'où je pense'… Non mais ! Je suis une fille, quand même ! Je…" Elle s'interrompt en faisant un balayage de sa main gauche vers sa droite. "Oh et puis zut !"

Alina tourne sa tête vers son écran, l'air complètement dépitée.

– "Désolée pour mes collègues." s'excuse Alina. "On vous appellera lorsqu'on sera proche du lieu de rendez-vous."

Les écrans d'Alina et de Gardli se déconnectent.

– "Je suis désolée, monsieur Avelt." s'excuse Ayra auprès de Rand. "Vous savez, avec les Vardènes, il faut s'attendre à tout."

– "Je n'en doute pas, mademoiselle Nélanne."

La réunion est enfin terminée. Après être sorti du quartier général de la Guilde, Rand salue Eradan et Vivanie, puis les quitte en retrouvant sa voiture, pour ensuite rentrer chez lui.

– "Voilà, on est plus que nous deux." dit Eradan à Vivanie.

L'Arpenteur et la petite elfe blonde discutent ensemble au Fées Sonnantes, un bar situé près du quartier général de la Guilde. Ayant chacun pris une chope de 50 centilitres de bière blonde de la marque Blé en Bulles, ils apprennent à se connaître et progressivement, ils s'apprécient davantage, bien plus qu'ils ne s'apprécient déjà. Très rapidement, ils échangent leurs numéros de téléphone. Environ une heure et vingt minutes se sont déroulées dans ce bar. Après cela, ils finissent par en sortir, pour ensuite retrouver leurs voitures respectives.

– "Bon… C'est là qu'on se quitte pour aujourd'hui." dit Eradan.

– "Oui…" dit à son tour Vivanie avec une légère pointe de tristesse.

– "On se verra demain. Et… ça te dit que je vienne te chercher chez toi, demain matin vers 7h30, pour covoiturer ensemble dans ma voiture ? Ça peut être sympa."

– "Bien sûr !" les yeux de Vivanie s'illuminent soudainement de joie.

Eradan prend la petite elfe blonde dans ses bras, ses mains sur les fesses de la jeune fille sur sa mini-jupe, pour l'attirer à lui. Vivanie rougit un peu mais en même temps se laisse faire, car elle apprécie vraiment Eradan (ce serait un autre homme, il aurait fini à l'hôpital, voire pire). Ils finissent par se faire la bise. Étant donné la petite taille de la petite elfe blonde, celle-ci est obligée de se mettre sur la pointe de ses pieds et de lever sa tête, et en même temps, Eradan est de son côté obligé de plier ses genoux et de baisser sa tête pour pouvoir faire cela (et même comme ça, l'Arpenteur reste plus grand que Vivanie).

Après cela, chacun monte dans sa voiture pour rentrer à son domicile.

- 12 -
Cours d'Histoire en voiture

Le lendemain matin, vers 7h20, Eradan se gare devant un immeuble à pans de bois. C'est là où vit Vivanie, qui habite dans un des appartements. Il descend de sa voiture et sort son smartphone pour appeler la petite elfe blonde. À peine 5 secondes après, celle-ci sort vivement de l'immeuble puis se jette sur l'Arpenteur, pour finir par le prendre dans ses bras.

– "Eradan !" s'exclame très joyeusement Vivanie, sa tête levée pour le regarder, très heureuse de retrouver l'Arpenteur.

– "Très content de te revoir, Vivanie." Eradan baisse sa tête pour la regarder, puis la prend ensuite dans ses bras. "Tu as pris tes affaires ?"

Ils se font la bise, puis lâchent ensuite leurs étreintes.

– "Oui, voilà mes affaires."

Vivanie fait un geste de sa main droite en direction de l'immeuble à pans de bois, puis soudain, la porte d'entrée principale s'ouvre. Une valise et un sac à dos sortent de cette entrée, flottant en l'air. Eradan ouvre le coffre arrière de sa voiture. La petite elfe blonde effectue ensuite un mouvement qui ressemble à une danse très élégante, et ainsi, elle déplace à distance ses affaires dans le coffre, que l'homme ferme ensuite.

– "Allons-y." lui dit Eradan.

Ils arrivent devant le quartier général de la Guilde des Vardènes vers 7h50. Rand est déjà là, adossé à sa voiture, qui est une jeep tous terrains de couleur grise de la marque Elnorit, plutôt propre et bien entretenue pour un véhicule qui va souvent dans des milieux naturels.

– "Nous sommes là." annonce Eradan, qui sort de sa voiture avec Vivanie. "Bonjour, monsieur Avelt. Vous avez passé une bonne nuit ?"

– "J'ai l'habitude des nuits courtes, monsieur Tardarion." Il tourne sa tête vers Vivanie. "Et vous, mademoiselle Lifiniel ? La nuit n'a pas été trop difficile ? C'est votre première mission en tant que Vardène, après tout."

– "Ça ira, monsieur Avelt. Je suis trop impatiente de commencer." s'exprime Vivanie avec un ton joyeux.

– "Nous sommes prêts, monsieur Avelt. Nous pouvons commencer. Suivez-nous sur le trajet. Au cas où il y aurait de malheureuses rencontres, je saurai trouver un chemin sûr en voiture pour les éviter."

– "Je vous suis."

Sur la route, dans la voiture d'Eradan, Vivanie, assise à sa droite, observe l'environnement pendant le trajet. Sur les Terres d'Anordor, les vestiges de la civilisation ranelthienne sont très nombreux, au point qu'il est vraiment très difficile de les rater lorsqu'on roule sur les terres anordoriennes. La petite elfe blonde effectue ensuite une vidéo pour sa page Overtube. Toute excitée de faire sa première mission en tant que Vardène, elle est en train de raconter cela en live.

– "Regardez à quel point c'est magnifique !" montre Vivanie à ses viewers. "Voyez ces nombreuses ruines de la civilisation ranelthienne, et les richesses en termes d'histoires que l'on peut en retirer. Et regardez comment l'Arpenteur Eradan avec moi est trop classe !"

Elle est ensuite en train de filmer Eradan avec son smartphone.

– "Salut." dit sobrement l'Arpenteur aux viewers de Vivanie, avec un sourire et un geste de sa main gauche, tout en conduisant.

– "Mon collègue Arpenteur ici présent connaît beaucoup de choses sur la civilisation ranelthienne, étant lui-même un Ranelthien. Peut-être quelques mots pour les viewers ?" demande Vivanie en filmant Eradan.

Celui-ci est en train de s'adresser aux viewers de Vivanie, mais étant également en train de conduire en même temps, il ne tourne que très peu son visage vers le smartphone de la petite elfe blonde.

– "Comme vous le savez, les ruines de la civilisation ranelthienne sont très nombreuses sur les Terres d'Anordor. En fait, il est même très rare de les parcourir sans en apercevoir. Les communes de ces terres sont elles-mêmes bâties sur les fondations des anciennes cités ranelthiennes. Cela est bien sûr dû au fait que l'Empire de Ranelth s'étendait sur toutes les Terres d'Anordor et même au-delà, à l'ouest sur une partie de l'actuel Empire de Desvinia, et à l'est sur une partie de l'actuelle République d'Arkhandia."

– "Ces ruines sont fascinantes !" admire Vivanie, en train de filmer le paysage durant le trajet, pour le montrer à ses viewers. "Je comprends l'admiration qu'ont les historiens sur la civilisation ranelthienne."

– "Si seulement ils en retirent aussi des leçons." ajoute Eradan avec un ton grave. "La plupart ne retiennent que la pseudo grandeur de mon peuple, en extase devant leur soi-disant avancée technologique, politique et économique… Mais ils omettent souvent son orgueil et sa corruption, ayant comme conséquence la fin de la civilisation ranelthienne. Et également, dans ses dernières décennies, à l'exil des Ranelthiens restés fidèles à Éruvéah et au Bien, les seuls Ranelthiens capables d'utiliser l'Aether." Il marque une courte pause. "Ce qui a engendré les Arpenteurs que nous sommes, et qui, pendant plusieurs générations, ont été contraints à vivre en milieux sauvages."

Vivanie reste admirative par ce que venait de dire Eradan. Ce qu'elle venait d'entendre est la vérité. Bien que les ruines ranelthiennes des Terres d'Anordor sont fascinantes, elles sont également la conséquence d'un peuple trop orgueilleux et trop ambitieux, qui dominaient les autres peuples pour leurs propres intérêts à leurs détriments, allant même jusqu'à les maltraiter. L'ancienne civilisation ranelthienne était tombé progressivement dans la décadence, s'adonnant à toutes formes d'immoralités qui l'éloignait d'Éruvéah et le rapprochait de Maeriloth, l'ange ultime du Mal.

De là a débuté l'ère obscure, d'où a émergé la Confession de l'Unique fondée par ces Ranelthiens décadents. Jaloux des Ranelthiens resté fidèles à Éruvéah et capables d'utiliser l'Aether (parce que ces Ranelthiens décadents en étaient totalement incapables), et aussi de leur longévité (parce que eux avaient perdu leur longue espérance de vie), ils avaient entamé une véritable chasse aux sorcières pour les traquer, ainsi que d'autres utilisateurs et utilisatrices de l'Aether. Ils avaient également maltraité d'autres peuples, en particuliers les peuples non humains qu'ils qualifiaient de démons maléfiques. Tout cela, ils ont bien sûr déclaré l'avoir fait pour le Bien au nom d'Éruvéah. Bien sûr, si on étudie leurs actes, leurs actions étaient complètement maléfiques et cruelles, les plaçant plutôt du côté du Mal, du côté de Maeriloth (en réalité, si on comprend bien les choses, cet ange ultime du Mal les manipulait). Si certains n'avait pas vu cela, soit par peur, soit tout simplement par paresse de ne pas étudier les réels principes d'Éruvéah orientés vers le Bien (et de ne pas voir que ce que faisait la Confession de l'Unique était complètement tournée vers le Mal), d'autres en revanche savaient où étaient le Bien et le Mal, car ils aspiraient à une meilleure condition de leurs vies et échapper à la domination de cette organisation religieuse. Ils étudiaient les principes d'Éruvéah regroupés dans des textes, et en retiraient tout le Bien pour eux. Mais ils le faisaient en secret car durant l'ère obscure, cela était formellement interdit, au point qu'on pouvait même être condamné à mort juste parce qu'on possédait un de ces textes, ou même ne serait-ce qu'un simple fragment. La raison est parce qu'en étudiant ces textes, on pouvait voir l'énorme différence entre leur contenu tourné vers le Bien, et les actes de la Confession de l'Unique complètement tournés vers le Mal.

Heureusement, cette ère obscure a pris fin grâce à l'avènement d'Aurala Ordelame, la très célèbre aventurière demi-elfe, à la direction de Blanchesol. Cela a amené une ère de progrès et d'espoir, l'ère numérique actuelle, ainsi que la naissance de la Guilde des Vardènes.

Au final, si pour la plupart des personnes, comme des historiens ou des archéologues, les ruines ranelthiennes rappellent leurs 'grandeurs', pour d'autres, comme le reste des Ranlethiens aujourd'hui vivants que sont les Arpenteurs, cela évoque plutôt cette très sombre histoire.

Eradan raconte tout cela à Vivanie en train de le filmer avec son smartphone pour son live sur Overtube. Bien qu'elle connaissait déjà toute cette histoire, l'entendre de la bouche même d'un Arpenteur a eu un plus grand impact, surtout qu'il s'agissait de la sombre vérité sur son peuple.

Soudain, le smartphone d'Eradan, posé dans un emplacement sous l'autoradio, se met à vibrer.

- 13 -
L'Aire de la Colline Dentée

Le smartphone d'Eradan continue de vibrer. Il s'agit donc d'un appel, non d'un email, d'un SMS ou d'une notification d'application.

– "Tu peux répondre à ma place ?" demande Eradan à Vivanie.

– "Bien sûr !" lui répond joyeusement cette dernière, prenant le smartphone de l'Arpenteur pour ensuite répondre à cet appel. "Oui allô ?"

– "C'est Rand ! C'est vous, mademoiselle Lifiniel ? Est-ce que vous pouvez mettre le haut-parleur afin que vous puissiez en profiter tous les deux ?"

Vivanie appuie sur l'icône représentant un haut-parleur sur le smartphone d'Eradan.

– "Vous m'entendez tous les deux ?" demande Rand.

– "Je vous entends, monsieur Avelt." répond Eradan.

– "Très bien. Est-ce que nous pouvons nous arrêter un instant, vers la prochaine aire de repos, l'Aire de la Colline Dentée ? J'ai envie que nous profitions de la vue sur la région d'Aeln Far."

Après 1 heure et 34 minutes de trajet depuis Blanchesol, les deux voitures arrivent à l'Aire de la Colline Dentée. Située en haute altitude, on peut trouver sur ce lieu une boutique vendant principalement des souvenirs des Terres d'Anodor, ainsi que de quoi se restaurer. À l'extérieur, il y a une aire de jeux pour enfants, et surtout un point de vue permettant d'avoir un angle idéal pour admirer l'ensemble du panorama donnant sur la région d'Aeln Far, jusqu'à perte de vue. L'Arpenteur, la petite elfe et l'historien s'y dirigent afin de profiter du spectacle qu'offre ce point de vue.

À perte de vue s'étend une vaste plaine, sur laquelle sont plantées de nombreuses ruines depuis des siècles. D'un côté se trouvent les restes de ce qui était probablement une cathédrale. De l'autre, on y trouve plutôt des fragments de fortifications. Et un peu partout sont disséminés les restes des fondations de divers bâtiments. Et enfin, un peu plus loin, on peut voir une colline sur laquelle est située une tour en ruine. C'est la tour d'Aeln Far, l'ancien donjon de l'antique cité ranelthienne du même nom.

– "C'est vraiment magnifique !" s'exclame Rand. "Ça a beau être typique des Terres d'Anordor, je ne peux m'empêcher d'admirer tout ce que cela peut nous raconter." Il remarque l'expression d'Eradan, qui ne partage pas vraiment son avis en n'exprimant pas la même admiration. "Je devine votre point de vue, monsieur Tardarion. Je n'ignore pas non plus les méfaits de votre peuple et le mal qu'il a engendré pendant des siècles. Mais admettez quand même que ces vestiges mettent également en avant le haut niveau technologique de votre peuple."

– "Je suis d'accord avec vous, monsieur Avelt." lui répond simplement Eradan. "On ne peut ignorer cet aspect de mon peuple, que l'on trouve un peu partout sur les Terres d'Anordor. Tous les peuples qui y vivent héritent des fondations ranelthiennes, ça, c'est vrai, on ne peut le nier."

Vivanie filme le panorama avec son smartphone, puis le range ensuite dans sa petite sacoche, car elle veut profiter elle-même de ses propres yeux la magnifique vue sur la région d'Aeln Far.

– "Je vais aller m'isoler un peu pour écrire quelques notes." déclare Rand à Eradan et à Vivanie.

L'historien s'installe sur une des tables qui se trouvent à l'extérieur de l'aire de repos. Il sort ensuite sa tablette tactile et un clavier, puis commence à taper sur les touches.

– "Tu veux que je t'offre quelque chose à boire, Vivanie ?" propose Eradan à la petite elfe blonde.

– "Bien sûr !" lui répond-elle joyeusement. "Je te suis."

L'Arpenteur et Vivanie se dirigent vers la boutique. En passant à côté de Rand, il lui demande s'il souhaite boire quelque chose, mais l'historien refuse gentiment, occupé à son travail. Laissant ce dernier, Eradan et la petite elfe blonde entrent dans cette boutique, où on peut trouver beaucoup de choix en matière de boissons. Pour Eradan qui avait envie d'agrumes, il achète une bouteille de 33 centilitres de bière blanche citronnée de la marque Plaisirs Mousseux. Vivanie ayant cette même envie, elle prend également la même chose. Après qu'Eradan ait payé le tout à la caisse, ils s'installent sur une des tables à l'intérieur de la boutique.

– "Dis, Vivanie, je peux te poser une question ?" demande l'Arpenteur tout en regardant à travers la fenêtre près d'eux en direction de Rand, toujours en train de travailler sur sa tablette tactile.

– "Bien sûr, Eradan." lui répond la petite elfe blonde. "Que veux-tu savoir ?"

– "Tu connais bien l'historien Rand Avelt ?"

– "Pas personnellement, mais je connais ses travaux, notamment ses recherches sur la civilisation ranelthienne. J'y ai même consacré une vidéo sur ma chaîne Overtube. Pourquoi cette question ?"

– "Je ne sais pas comment dire, mais il y a quelque chose qui me dérange un peu chez lui." Eradan réfléchit un très court instant. "J'ai comme l'impression qu'il est bien plus qu'un simple historien."

– "Qu'est-ce qui te fait dire ça ?" s'étonne Vivanie, soudainement curieuse.

– "Pour commencer, parlons de la tablette en pierre ranelthienne. Ce genre d'objet est plutôt rare, même parmi les Arpenteurs. Nous sommes très peu à posséder ce genre de relique, et beaucoup parmi nous n'en ont entendu que parler. Moi-même, lors de notre réunion à la Guilde, c'est la première fois que j'ai vu ce genre de tablette. Et quand j'ai voulu demander à Rand comment il l'a obtenue, il a déclaré avoir eu un coup de chance. C'est peut-être possible, mais je n'en suis pas convaincu."

– "Peut-être qu'en tant qu'historien, il a réussi à obtenir des trésors que peu peuvent avoir. Mais je reste d'accord avec toi."

– "Il y a aussi autre chose. Il a un sens de l'observation plutôt élevé. Je sais que c'est une qualité à avoir pour un historien, mais là, j'ai l'impression que c'est d'un très haut niveau. Et je suis très bien placé pour dire ça, en tant qu'Arpenteur, vu que nous sommes habitués à explorer en pleine forêt, à suivre des traces au sol, à repérer des indices, et même repérer en un instant les points faibles de nos adversaires. Tout cela grâce à une très haute perception, auquelle nous nous entraînons depuis notre enfance."

– "Si tu me dis ça, c'est que tu as remarqué quelque chose."

– "Oui, Vivanie. Tu te rappelles de la réunion ? Bien que l'écran mural de la réunion soit en très haute résolution, en 32K, je n'avais pas fait attention aux détails sur Alina et Gardli. Et pourtant, Rand les a vu, notamment le blason que notre collègue nain avait sur lui, l'identifiant comme étant un membre de la famille royale des Monts Ouestford."

– "Maintenant que tu le dis, moi non plus, je n'avais pas fait attention à ce détail avant que Rand en parle."

– "Et pourtant, en tant qu'Arpenteur, c'est naturel pour moi d'observer l'environnement dans lequel je me trouve et de retenir le plus d'indices possible. J'aurai certainement fini par remarquer ce détail, mais Rand m'a devancé."

– "Peut-être qu'on se méfie pour rien, et qu'il est véritablement bel et bien un historien."

– "Peut-être, mais je ne peux m'empêcher de penser enfin à un dernier élément. Le fait qu'il a insisté auprès de la Guilde des Vardènes de Blanchesol pour avoir un Arpenteur. Comment savait-il qu'un Arpenteur est consultant pour eux ? Bon, j'avoue que notre style vestimentaire nous identifie facilement." Eradan montre à Vivanie sa capuche verte et mime les flèches de son carquois qu'il a laissées dans sa voiture, car les armes sont interdites dans les lieux publics. "Mais quand même ! Fallait le savoir, non ?"

– "C'est vrai, ce n'est pas le genre d'infos qu'on peut savoir de l'extérieur. Mais… c'est pas un peu étrange de s'adresser aux Vardènes pour avoir un Arpenteur ? Pourquoi ne pas s'adresser directement aux Arpenteurs eux-mêmes ? Après tout, certains font appel à eux plutôt qu'aux Vardènes."

L'expression d'Eradan change soudainement, comme si Vivanie lui a fait prendre conscience de quelque chose d'important.

– "C'est ça ! Maintenant que tu le dis, c'est comme s'il ne voulait pas attirer l'attention des miens. Mais j'aurai certainement parlé de notre mission aux autres, à moins…" Eradan lève sa tête vers le plafond pendant presque 2 secondes, puis regarde de nouveau Vivanie. "Bien sûr ! Si des Vardènes et des Arpenteurs sont sur la même mission, ça peut créer des tensions et des conflits d'intérêts entre eux ! C'est plutôt un coup de génie de sa part, si c'était son intention. Ainsi, ça lui évite d'avoir les Arpenteurs sur le dos."

– "Mais au final, il a quand même eu besoin de toi pour déchiffrer cette tablette."

– "C'est vrai, mais le mystère est là. Quel est son objectif ?"

Soudain, le smartphone d'Eradan, posé sur la table, se met à vibrer. Le nom de Gardli Rocaford apparaît. L'Arpenteur pose son appareil debout sur la fenêtre, puis appuie sur l'icône verte pour répondre à cet appel. Un écran montrant le visage du nain apparaît, avec en fond un bruit de moteur automobile.

– "Eradan ? Vivanie ?" appelle Gardli. "Nous sommes déjà au point de rendez-vous, dans les ruines d'Aeln Far."

– "Nous sommes dans l'Aire de la Colline Dentée." répond Eradan. "Vous êtes déjà là ? Il n'est pas encore midi."

– "Mais j'ai amené de quoi faire un barbecue, et surtout, un gros fût de bière d'un artisan brasseur de mon pays."

– "Génial !" s'exclame Vivanie. "Ça me va très bien !"

– 'OK, on va se rejoindre. À toutes !"

Eradan met fin à la communication. Vivanie et lui ont fini leurs bières. Quittant la table et jetant les bouteilles en verre dans une poubelle adaptée, ils rejoignent Rand.

– "Je dois vous laisser, mes gardes du corps Vardènes arrivent." conclut Rand à sa tablette, à des personnes qu'il a en visioconférence (Eradan a remarqué qu'aucun d'entre eux n'a affiché son visage).

Il met fin à sa communication puis se tourne ensuite vers l'Arpenteur et la petite elfe blonde.

– "Des confrères et des consœurs historiens. Je viens de finir ma réunion." leur dit-il.

– "On doit y aller, monsieur Avelt." lui dit Eradan. "Nos collègues sont déjà au point de rendez-vous."

– "Je vous suis."

Ils regagnent leurs voitures puis se dirigent ensuite vers ce point de rendez-vous, en direction des vestiges qui ressemblent à une cathédrale.

- 14 -
Les ruines d'Aeln Far

Les voitures d'Eradan et de Rand s'approchent vers les ruines d'Aeln Far qui ressemblent à une cathédrale vers 10h56. Une autre voiture est déjà garée près de ce lieu. Celle-ci est d'une couleur blanche très brillante reflétant parfaitement la lumière du soleil. C'est une Eldeon modèle Polypass, mais ce qui la distingue, c'est l'emblème qui est représenté sur le capot et les deux portières avant. Cela représente une très belle jeune femme blonde peu vêtue, en robe blanche fendue mettant en valeur ses jambes nues, des bracelets dorés sur ses avant-bras et poignets nus, un magnifique collier de sphères dorées sur le haut de sa poitrine également nue, son bandeau tube top blanc ne couvrant sa poitrine très généreuse qu'un minimum. Sur son dos, il y a une paire d'ailes bien déployée, et la posture de la jeune femme indique une position de vol. Au-dessus de sa tête, une auréole jaune lumineuse flotte. Enfin, derrière elle, un magnifique soleil éclate de sa lumière. C'est une représentation de Lanandria, l'ange maîtresse du soleil.

Lorsqu'Eradan sort de sa voiture, suivi de Vivanie, ils sentent une très agréable odeur de viande grillée. Près de cette voiture blanche à l'effigie de Lanandria, un nain aux cheveux bruns et à la barbe courte vient de mettre de la viande sur un barbecue portatif à roulettes : cuisses, ailes et blancs de poulet, côtes et échines de porc, pièces de bœuf. Ce nain porte une tunique rouge aux bords dorés, avec par dessus des plaques d'armure en polypropylène teinté en blanc protégeant son buste, ses épaules, ses coudes, ses avant-bras, sa taille, ses genoux et ses tibias. Sur son buste armuré est représenté l'emblème des Vardènes. Près de lui, il y a une très belle jeune femme aux longs cheveux rouges habillée en court kimono blanc sans manches, avec une mini-jupe bleue plissée, une paire de long coudes gants aux bords bleus, des chaussettes extra longues blanches aux bords bleus, et des chaussures de sport blanches. Sur sa poitrine généreuse, elle porte un plastron qui couvre celle-ci, en polypropylène teinté en bleu marine avec dessus l'emblème des Vardènes, en plus des plaques d'armure de la même matière sur ses avant-bras et ses tibias. Celle-ci est d'ailleurs en train de boire une chope de 50 centilitres de bière blonde de la marque Brasseur des Montagnes, qui vient du royaume nain des Monts Ouestford.

Eradan et Vivanie s'approchent d'eux et les reconnaissent immédiatement, alors que c'est la première fois qu'ils les voient en présentiel. La dernière fois qu'ils s'étaient vus, c'était lors de leur dernière réunion en distanciel. Il s'agit de Gardli Rocaford et d'Alina Delfort.

– "Je vois que vous avez déjà commencé à préparer le déjeuner." constate Eradan, souriant et trouvant cette odeur de viandes grillées très agréable.

L'Arpenteur et la petite elfe, suivis par l'historien, saluent le nain et la jeune femme aux cheveux rouges en se faisant la bise, tout en se présentant de nouveau, mais cette fois-ci en présentiel.

– "N'hésitez pas à vous servir !" propose Alina, qui vient de finir sa bière, pour ensuite la remplir à nouveau via la grande tireuse à bière installée sur une table de camping.

Sans hésiter, Eradan prend une chope de 50 centilitres puis se sert lui-même de cette bière blonde des Monts Ouestford. Il choisit ensuite une très belle pièce de bœuf de 300 grammes saignante qu'il pose sur une assiette. Vivanie prend la même quantité en matière de bière, et choisit plutôt une échine de porc bien grillée. Quant à Rand, il ne prend que 25 centilitres de bière, et deux cuisses de poulet incluant des hauts de cuisse. Tous les cinq prennent du bon temps, appréciant cette très bonne bière blonde des Monts Ouestford accompagnant parfaitement toutes ces viandes grillées. Chacun apprend à se connaître sur pas mal d'éléments, notamment les missions passées de chacun en tant que Vardène.

Environ 2 heures et 40 minutes plus tard, Rand s'éloigne du groupe pour se diriger vers les ruines de la cathédrale. Malgré les ravages du temps sur ces vestiges de la civilisation ranelthienne, ce qui reste présente néanmoins de l'intérêt pour un historien avide de savoir. Eradan le rejoint ensuite.

– "Ah ! Vous êtes là, monsieur Tardarion !" lui dit Rand sans regarder l'Arpenteur, car il est en train d'examiner les restes d'un vitrail dont sa base est située à 3 mètres de hauteur, représentant un ange ailé passant du très bon temps avec une famille paysanne dans leur ferme.

Eradan lève sa tête en direction de ce vitrail.

– "J'ai beaucoup étudié l'histoire de la civilisation ranelthienne, et pourtant, je ne vois que très peu ce genre de représentations." observe Rand.

– "C'est normal." lui explique Eradan. "À l'origine, mon peuple ne vivait que pour la paix et suivait les préceptes du Bien établis par Éruvéah. En suivant ce chemin, ils obtenaient de très nombreuses bénédictions : longue espérance de vie par rapport à celle d'un humain, utilisation avancée de l'Aether, connaissances et développements technologiques très évolués. C'est cela qui fait un grand peuple : la recherche du Bien et le souci que chaque habitant ne manque de rien et soit dans l'abondance." Eradan pointe de son index gauche l'ange du vitrail pour le montrer à Rand. "C'est cela qui est représenté dans ce vitrail, l'abondance de paix, qui nous rapproche des êtres divins."

Vivanie arrive et s'approche d'Eradan, puis observe elle aussi ce vitrail.

– "Mais malheureusement, certaines personnes parmi les Ranelthiens étaient ambitieux et voulaient dominer sur autrui pour leurs propres intérêts." continue Eradan. "Jaloux des utilisateurs et des utilisatrices de l'Aether parce que eux ne le pouvaient pas, et aussi parce qu'ils ne bénéficiaient pas de la longue espérance de vie, ils avaient malgré tout gagné de l'influence afin d'éradiquer celles et ceux qui le pouvaient, pour mieux acquérir le pouvoir. À partir de là, mon peuple est tombé dans la décadence, et toutes les bénédictions leur ont été enlevées. Ce sont ces personnes qui, plus tard, vont former la Confession de l'Unique. La suite de l'histoire, vous la connaissez déjà."

– "Peut-être que ces personnes voulaient tout simplement ce que les autres avaient : savoir utiliser l'Aether, la longue espérance de vie, et toutes les autres bénédictions."

Eradan observe Rand, qui semble avoir le total détachement propres aux historiens cherchant à comprendre les événements passés.

– "Il ne faudrait pas non plus justifier cette jalousie, monsieur Avelt, surtout avec tout le Mal qu'ils ont engendré par la suite, amenant ainsi à l'ère obscure." explique Eradan. "Ce n'est pas comme si ces bénédictions étaient inaccessibles. Chacun pouvait les obtenir... à condition bien sûr de suivre les voies du Bien."

– "Et c'est ce qui leur a manqué." intervient Vivanie. "Ils ont aussi massacré mon peuple, les Elfes des Plaines, durant l'ère obscure, nous obligeant ensuite à vivre en nomades. Ils ne comprenaient pas que c'est uniquement par le Bien, par la paix, et par le souci du bien-être de chaque habitant, qu'un peuple est justement un très grand peuple très évolué." La petite elfe observe attentivement le vitrail. "Je suppose qu'en détruisant ce genre de représentations, la Confession de l'Unique a voulu détruire cet espoir tourné vers le Bien, pour mieux affirmer sa domination."

– "C'est tout à fait ça." ajoute Eradan. "En plus du fait qu'ils ont tenté de détruire pour de bon tous les textes sur les principes du Bien établis d'Éruvéah, ainsi que tous les écrits permettant de le comprendre plus facilement."

– "Mais heureusement que cet âge obscur a pris fin grâce à Aurala Ordelame." continue Vivanie. "Elle a aidé tous les peuples qui ont été persécutés par la Confession de l'Unique. Grâce à elle, les Elfes de Plaines ont pu rebâtir leurs grandes cités florissantes."

– "Et grâce à elle, les autres nations qui ont subi l'épidémie qu'est la Confession de l'Unique ont été inspirées par elle et ont suivi son exemple, en éradiquant cette épidémie qui entravait leurs pouvoirs." enchaîne Eradan. "On sait ce qui s'est notamment passé dans l'Empire, c'était un véritable bain de sang. En même temps, à force de décréter que les non-humains ne sont rien d'autres que des créatures maléfiques à éradiquer au nom d'Éruvéah, ce qui est faux bien sûr, et à déclarer que les pires sont les enferniens juste à cause de leurs cornes et de leurs teints de peau rougeâtres similaires aux fiélons… vu que la nation impériale est historiquement fondée par les enferniens, et sa population en très grande majorité enfernienne, pas étonnant que l'Empire a voué une haine féroce envers la Confession de l'Unique. Pour les punir, Aurala Ordelame a réuni tous ses derniers membres puis les a ensuite envoyés dans l'Empire. On n'a ensuite plus jamais entendu parler de cette horrible confession."

Eradan observe l'attitude de Rand. Bien que l'historien a toujours son attitude complètement détachée, l'Arpenteur ressent également que celui-ci n'est pas vraiment d'accord avec son discours, comme s'il comprenait les agissements de la Confession de l'Unique. Ce genre de sentiment est similaire à ceux des personnes désirant le pouvoir pour eux-même, et en général pour des objectifs peu nobles, qui n'ont d'intérêts que pour une élite. Mais peut-être qu'Eradan se fait des films. Ce qui est sûr, en revanche, c'est qu'il a vraiment du mal à discerner l'historien, alors qu'en temps normal, il est capable de lire les intentions des individus qu'il observe attentivement.

– "En tout cas, les Ranelthiens savent construire." constate Gardli, qui vient d'arriver dans les ruines de la cathédrale.

Soudain, une brume blanche se manifeste.

- 15 -
L'épéiste de l'ombre

La brume blanche devient de plus en plus épaisse dans les ruines de la cathédrale, au point de voir très difficilement à plus de 3 mètres.

– "Qu'est-ce qui se passe ?" demande Alina qui a fini par rejoindre les autres.

– "Du brouillard, on dirait." conclut Gardli.

– Impossible !" s'étonne la jeune prêtresse. "J'ai regardé la météo dans mon smartphone, ils annoncent du temps ensoleillé dans la région d'Aeln Far."

– "Ce n'est pas un phénomène météorologique..." remarque Eradan. "ATTENTION !"

Eradan pousse Rand vers sa gauche, puis soudain, il voit une dague de jet tournoyant sur elle-même, et qui se serait plantée dans le crâne de l'historien si l'Arpenteur ne l'avait pas poussé. Cette dague finit sa trajectoire sur un mur et après avoir cogné celui-ci, il échoue par terre.

Sans plus attendre, Vivanie écarte d'un coup ses bras de chaque côté. Une vague de vent s'échappe d'elle, balayant et dissipant ainsi cette brume blanche, pour ensuite révéler ce que tous voient. Un individu habillé en tenue noire moulante, en capuche noir cachant son visage, équipé d'une armure légère bleue marine très foncée, apparaît d'un coup et saute en avant vers Rand, toujours à terre après qu'Eradan l'ait poussé pour lui sauver la vie. Ce qui rend surtout cet individu très dangereux, c'est qu'il tient dans sa main gauche une épée de côté (une sorte de rapière mais avec une lame plus large afin de mieux favoriser les coups de taille et d'entaille, par rapport à une rapière classique essentiellement conçue pour l'estoc). Dans son assaut, il pointe son arme vers l'historien, montrant ainsi son intention de l'éliminer.

Eradan attrape de sa main gauche le poignet gauche de l'homme à capuche noire qui tient l'épée de côté, puis de son avant-bras droit, il pousse en avant le coude gauche de son adversaire, tout cela dans le but de lui faire une prise martiale qui le mettrait à terre. Mais soudain, l'Arpenteur reçoit un choc sur son front, et une poussière blanche explose sur son visage et sur ses yeux, ce qui a pour effet d'interrompre l'exécution de sa technique martiale. L'individu à capuche noire avait sorti de sa poche droite un petit sac qu'il avait éclaté sur le front de son adversaire. Trouvant une opportunité, il effectue de suite un bond en arrière pour pouvoir reculer 9 mètres plus loin.

– "Monsieur Avelt ! Allez vous couvrir ! Je vais vous accompagner !" lui ordonne Gardli.

Alina tend son bras droit en avant, pointant son index et son majeur droit vers cet individu à capuche noire. Ses deux doigts s'illuminent d'une lumière blanche, puis d'un coup, une javeline jaune claire lumineuse en sort, pour immédiatement se jeter sur cet homme. Ce dernier esquive de justesse le projectile, qui se plante dans un mur pour ensuite se dissiper rapidement. La jeune prêtresse recommence à utiliser ce pouvoir de l'Aether, mais là encore, il esquive de nouveau ces attaques.

Soudain, il reçoit un violent coup sur son flanc droit !

C'était Vivanie ! Elle avait son bras droit tendu en avant, et un projectile bleu clair lumineux de forme sphérique s'était dirigé sur cet homme à capuche noire, surpris de subir cette attaque. La petite elfe recommence à lui envoyer ce pouvoir de l'Aether, et ce sont ainsi trois autres projectiles de ce type qui se lancent sur lui. Ce dernier tente d'esquiver ces attaques, mais il ne réussit pas à les éviter car ces projectiles réussissent à le frapper de plein fouet, empruntant les chemins les plus adéquats pour ne pas manquer leur cible, tels des missiles à têtes chercheuses.

L'homme à capuche noire jette sur Vivanie trois dagues de jet de chacune de ses mains, lui envoyant un total de six projectiles. Lorsque ceux-ci arrivent à environ 1 mètre de la petite elfe, une bulle transparente entourant celle-ci apparaît soudainement pour bloquer ces dagues. Après cela, celle-ci disparaît, mais une fléchette se plante dans l'avant-bras droit de Vivanie. Un choc électrique instantané part ensuite de cette fléchette pour l'appliquer sur la petite blonde, qui finit par s'évanouir et tomber par terre.

Après avoir mis Rand à couvert dans un lieu sûr, Gardli revient au combat. Il a sa hache d'armes dans sa main droite, et de sa main gauche, il tient la naginata d'Alina qu'il lance sur cette dernière pour que celle-ci l'attrape, afin d'être armée pour combattre. Jouant ensuite de sa hache telle une majorette en la tournoyant, le nain se précipite vers l'individu à capuche noire. Chacune de ses attaques est maîtrisée, chaque arc de cercle de la trajectoire de sa hache est exécutée parfaitement pour atteindre sa cible. Mais l'homme réussit à esquiver les coups de hache du nain grâce à ses réflexes supérieurs (bien que de justesse) en les déviant soit avec son épée de côté, soit avec une dague de jet qu'il tient de sa main droite. Mais les attaques de Gardli deviennent de plus en plus intenses en accélérant ses enchaînements. À force de réussir à toutes les esquiver, l'homme à capuche noire se fatigue de plus en plus, pour au final être surpris par un choc violent sur le côté gauche de son crâne !

C'était Alina ! Elle avait fait tournoyer sa naginata pour finir par le frapper avec le talon de son arme (l'extrémité opposée à celle où se situe la lame). Elle enchaîne ensuite par une attaque avec le côté tranchant de son arme, mais malgré qu'il soit violemment sonné, il réussit à bloquer avec son épée de côté. La jeune prêtresse enchaîne enfin très vivement par une frappe du talon sur la joue gauche de l'homme. Puis d'un coup, un autre choc le percute sur sa joue droite !

C'était Gardli, qui vient de le frapper avec la partie non tranchante de sa hache ! Ce puissant coup finit par le mettre à terre vers la droite du nain.

Eradan, remis de la poussière blanche qu'il a subi, s'approche de cet homme à capuche noire. Il sort de sa sacoche une corde en nylon et avec celle-ci, il ligote très solidement l'individu. Alina tend son bras droit, sa main droite bien ouverte, puis une aura blanche lumineuse de forme sphérique entoure cette main, pour ensuite se diriger vers l'homme à capuche noire. Ce pouvoir de l'Aether lui permet de se remettre des coups qu'il a subi sur son visage. Après cela, elle s'approche de lui pour baisser sa capuche.

Tous voient un jeune homme aux cheveux noirs en bataille, long jusqu'à ses joues, et avec des yeux bleus gris. Tous, y compris Vivanie qui s'est remise de son choc électrique et Rand qui est sorti de sa cachette, entourent celui-ci.

– "Tu vas devoir nous donner quelques explications !" lui ordonne Eradan.

- 16 -
La Guilde des Ombreliers

– "On n'a pas de temps à perdre !" continue Eradan avec une pointe d'agressivité. "Soit tu parles, soit ce sont mes flèches qui t'aideront à parler !" L'Arpenteur a dégainé une de ses flèches, déterminé à utiliser celle-ci.

– "S'il y a quelqu'un qui doit des explications, c'est plutôt vous !" répond le jeune homme aux cheveux noirs, son regard tourné vers Rand. "Je suis sûr qu'il a gardé de vous révéler certains éléments pour votre mission, Vardènes !"

Tous les regards se tournent alors vers l'historien.

– "Que veut-il dire ?" demande Eradan à Rand.

– "Votre client a quelque chose qu'il a dérobé aux Ombreliers." continue le jeune homme. "Mais ça, je suis sûr qu'il a économisé sa salive pour vous le mentionner."

– "Vous avez volé quelque chose aux Ombreliers ?" demande Alina avec étonnement à Rand.

– "Attendez !" s'exclame soudainement Vivanie, qui vient de réaliser quelque chose. "Pendant la réunion, vous ne nous aviez pas dit que vous avez été victime d'une tentative de vol, monsieur Avelt ?"

– "C'est exact, mademoiselle Lifiniel." lui répond l'historien. "Et c'est arrivé plusieurs fois, depuis…"

– "Depuis que vous nous avez volé un de nos trésors dans une de nos planques !" le coupe le jeune homme.

– "Un voleur volé !" se moque Alina, son regard vers le jeune homme. "Et qu'est-ce que monsieur Avelt vous a dérobé ?"

– "Je parie que c'est la tablette ranelthienne." conclut Eradan. "Voilà d'où elle vient, voilà pourquoi vous n'osez pas nous dire comment vous l'aviez obtenu, monsieur Avelt. C'est exact ?"

– "C'est exact, monsieur Tardarion." lui avoue Rand. "J'avais peur que vous me preniez pour un vulgaire voleur, et qu'ensuite, que les Vardènes me refusent ma requête." Il tourne son regard vers le jeune homme. "Sans vouloir vous offenser."

– "Bon, que fait-on de lui ?" demande Gardli aux autres.

– "Appelons Ayra." propose Eradan.

Tous suivent l'Arpenteur pour se diriger vers sa voiture. De sa valise, il sort son pc portable de la marque Primaenor comme son téléphone mobile, avec également une coque en chêne rouge. Posant celui-ci sur le capot de sa voiture, il se connecte pour contacter Ayra. Celle-ci répond à l'appel, et un écran affichant son portrait apparaît.

– "Bonjour Ayra." commence Eradan. "Voici la raison pour laquelle on te contacte."

L'Arpenteur lui explique la scène de la confrontation contre le jeune homme dans les ruines d'Aeln Far. Il ajoute que leur client, Rand, a dérobé un objet aux Ombreliers, la tablette ranelthienne, et surtout, qu'il n'a pas mentionné ce vol aux Vardènes.

– "Ah d'accord ! Je vois le genre d'ennui que nous pouvons avoir." remarque Ayra. "En gros, pour résumer, nous sommes en train d'aider un client qui a dérobé un objet aux Ombreliers. Les Vardènes n'ont aucun conflit avec eux, et j'espère ne pas en avoir. Vous n'auriez pas dû nous omettre ce détail de toute importance, monsieur Avelt."

– "Quoi qu'il en soit, mademoiselle Nélanne, j'ai besoin de cette tablette pour mes recherches." se justifie Rand. "Si les Vardènes sont d'accord, je souhaite continuer cette mission, quitte à régler de nouveau. Une fois cette mission terminée, je m'engage à rendre la tablette aux Ombreliers."

– "Attendez ! J'ai aussi mon mot à dire !" intervient le jeune homme. "Détachez-moi, et laissez-moi appeler mon maître ! Il vous faut l'accord des Ombreliers, parce que la tablette nous appartient, et que visiblement, nous sommes maintenant mêlés à votre mission."

Les autres sont en train de réfléchir. En effet, s'ils détachent le jeune homme, qui dit qu'il n'en profitera pas pour s'échapper et retourner vers les siens, pour ensuite leur raconter cet événement. Mais en même temps, ce qu'il vient de dire a du sens. Pour garder de bonnes relations entre les Vardènes et les Ombreliers, ces derniers ont effectivement leur mot à dire.

– "Très bien !" dit Alina au jeune homme. "Je te détache. Tu peux faire ton appel, mais je te garde sous surveillance."

– "J'ai besoin d'être seul." lui dit-il.

Alina tape fermement le sol avec le talon de sa naginata, son regard sévère et menaçant sur le jeune homme. Elle lui montre avec son index droit son arme afin de lui faire comprendre qu'il n'a pas le choix.

– "Très bien, je tiens à ma vie. Et puis, qui refuserait d'être surveillé par une très belle jeune femme." sourit maladroitement le jeune homme.

La jeune prêtresse l'emmène dans un lieu à part, puis le détache ensuite. Le jeune homme sort son smartphone pour faire son appel.

– "Maître Diroc ! C'est Farnir !" commence-t-il.

– "Ah, mon enfant !" répond le dénommé Diroc, qui a une voix plutôt grave, même à travers le haut-parleur du smartphone. "Que t'arrive-t-il ? J'ai l'impression que tu as des ennuis. Pourtant, ça ne t'arrive jamais."

– "Il se trouve que j'ai trouvé celui qui nous a dérobé la tablette ranelthienne. Cette personne est un historien, et également un client des Vardènes. Il s'est engagé à nous la rendre à la fin de leur mission. Qu'en pensez-vous, maître ?"

– "Un voleur honnête ?" s'étonne Diroc. "Bien, dans ce cas, s'il s'est engagé à nous rendre la tablette ranelthienne, laissons les événements se dérouler comme prévu. Mais par contre, tu vas devoir les accompagner pour t'assurer que tout se déroule comme nous le souhaitons. Je vais personnellement en parler moi-même aux Vardènes."

– "Bien, maître."

La communication prend fin. Alina et le jeune homme rejoignent les autres.

– "Vous aurez bientôt un message de la part des Ombreliers." s'adresse le jeune homme à Ayra. "Nous vous laissons la tablette ranelthienne le temps de votre mission, à condition bien sûr que les Ombreliers aient un regard sur celle-ci. Mon maître m'a ordonné de vous accompagner."

Ayra réfléchit un court instant.

– "Très bien." dit-elle finalement. "Vous voilà maintenant avec un Ombrelier pour votre mission."

– "Au fait, je m'appelle Farnir Danelv." se présente le jeune homme.

Une fois la communication avec Ayra achevée, Alina et Gardli commencent à ranger le barbecue et la tireuse à bière dans la voiture de la jeune prêtresse. Eradan s'est tenu un peu à l'écart pour observer l'horizon donnant sur les ruines ranelthienne, disséminées dans la région d'Aeln Far. Vivanie le rejoint car elle aime être en compagnie de l'Arpenteur (et c'est également réciproque pour ce dernier).

– "Faudrait que je demande à Farnir comment il a obtenu cette tablette ranelthienne." se dit Eradan.

– "Au fait, comment Rand a-t-il réussi à voler les Ombreliers ?" demande Vivanie. "Ils ne sont pas censé être une puissante guilde de maîtres voleurs, les meilleurs pour agir dans l'ombre ?"

– "Ça aussi, il va falloir que Rand nous l'explique." ajoute Eradan.

La question que Vivanie vient de poser a pleinement du sens. Tout au long de l'histoire des peuples sur Énoria, il y a toujours eu des individus doués pour voler les biens d'autrui, pour agir dans l'ombre, pour surveiller et déjouer des pièges de toutes sortes. Des voleurs qui nuisent à l'ordre établi d'une société, même si leurs objectifs peuvent parfois être nobles (comme voler aux riches arrogants et corrompus afin de donner aux pauvres et aux modestes). Certains parmi ces voleurs devenaient de véritables aventuriers chercheurs de trésors pour s'enrichir. Ils agissaient parfois en indépendants, parfois regroupés au sein d'une guilde. Depuis l'ère numérique instaurée par Aurala Ordelame, celle-ci avait longtemps réfléchi au sort qu'elle réservait à ce type d'individus. D'un côté, ils pouvaient effectivement constituer une nuisance pour la société, surtout si elle prônait la paix et l'équité, ce qui était dans ses objectifs. Mais d'un autre côté, en tant qu'ancienne aventurière, Aurala Ordelame avait beaucoup collaboré avec certains de ces voleurs, et en avait même comme amis. Se rendant compte de leurs nombreux talents et de leur utilité, elle avait demandé aux voleurs indépendants et aux guildes de voleurs de former une organisation, dans le but de légaliser, en quelque sorte, leurs activités (oui, le concept en lui-même est quand même très étrange). Ainsi sont nés les Ombreliers (au féminin, 'Ombrelière'). Gardant leur autonomie quant à leurs actions, on peut aujourd'hui faire appel à eux pour certaines missions, comme on pourrait le faire auprès des Vardènes ou des Arpenteurs.

 Eradan avance tout doucement droit devant lui. Il observe plus attentivement vers un lieu en particulier. Posant sa main gauche sur son front pour mieux observer, Vivanie sent en lui une sorte d'inquiétude.

 – "Qu'y'a-t-il, Eradan ?" s'inquiète Vivanie.

- 17 -
La tour d'Aeln Far

— "Ça ne va pas, Eradan ?" s'inquiète de nouveau Vivanie.

— "Tu arrives à voir la-bas ?" lui demande Eradan, en train de lui montrer où regarder au loin.

La petite elfe regarde plus attentivement, imitant la même posture qu'Eradan.

— "Des véhicules, on dirait." observe Vivanie. "Beaucoup de véhicules…" Elle marque une courte pause. "… et on dirait qu'ils se dirigent vers nous !"

— "Tu as vu juste, ma chère Vivanie." lui dit Eradan, faisant rougir la petite elfe en l'appelant ainsi. "Et ils viennent plutôt rapidement."

L'Arpenteur sort son smartphone et s'en sert pour zoomer afin de mieux observer ces véhicules. Regardant tous les deux l'écran de l'appareil, ils voient une trentaine de voitures tous terrains et blindés. Sur certaines d'entre elles, il y a des étendards noirs représentant une serre d'oiseau blanche, avec dessus du sang rouge qui en coule.

— "La Serre Sanglante !" s'exclame Eradan.

— "Tu veux parler de l'armée de mercenaires hobgobelins qui traînent dans les Terres d'Anordor ?" lui demande Vivanie.

— "On dirait." lui répond Eradan. "Et j'ai comme l'impression qu'ils viennent spécifiquement pour nous, au vu de la direction qu'ils empruntent. Mais pourquoi spécifiquement pour nous… Vivanie ! Tu te rappelles quand Rand nous disait à la réunion qu'il avait vu des mouvements de troupes au loin pendant ses recherches sur sites, et qu'il a l'impression qu'ils venaient pour lui ?"

– "Oui ! Ça me revient !" se rappelle Vivanie.

– "Prévenons les autres ! Je crois qu'on va avoir de très nombreux nouveaux invités."

L'Arpenteur et la petite elfe courent rejoindre les autres, et leur expliquent ce qu'ils viennent de voir.

– "En plus des Ombreliers, vous avez aussi la Serre Sanglante à vos trousses, à ce que je vois, monsieur Avelt." lui dit Gardli.

– "Et ils approchent rapidement. Que fait-on ?" demande Alina. "On ne pourrait pas se couvrir dans une ville. Même si la probabilité que la Serre Sanglante attaque une ville sans subir de pertes est plutôt faible, je préfère ne pas trop miser là-dessus."

Eradan observe autour de lui.

– "La tour d'Aeln Far !" s'exclame-t-il en leur montrant au loin les ruines d'une tour située à environ 25 kilomètres de là où ils sont, sur une colline dominante. "Il n'y a pas de visites touristiques en ce moment pour travaux de rénovations. Nous pouvons nous couvrir là-bas, et organiser notre défense contre la Serre Sanglante."

Sans plus attendre, tous se dirigent vers leurs voitures respectifs, y compris Farnir qui retrouve la sienne, une voiture de couleur noire sportive aux formes courbes et globalement en pointe, avec des vitres teintées en noir. C'est une Verotte modèle Arnolet. Tous se dirigent vers la tour d'Aeln Far.

Ils arrivent vers 17h20 aux pieds de la colline sur le parking prévu pour les visiteurs. À part eux, il n'y a aucune voiture, car comme Eradan l'avait mentionné, il n'y a pas de visiteurs pour cause de travaux de rénovations. Il n'y a pas non plus de camionnettes d'entreprises du bâtiment et de travaux publics. Pas non plus de travaux qui sont en train d'être effectués. Personne !

– "On dirait que le chantier a été évacué." constate Eradan. "Bien, ça nous fera ça en moins à gérer, comme ça, on pourra mieux se concentrer sur notre défense."

– "Montons vers la tour. Les hobgobelins ne pourront pas grimper sur la colline tous en même temps." conseille Gardli. "Nous aurons ainsi l'avantage de l'altitude et de la fortification."

Sans hésiter, ils grimpent tous la colline en direction de la tour pour s'y réfugier. Après avoir traversé les ruines de ce qui était autrefois une fortification, ils arrivent dans une cour intérieure dans laquelle sont situés deux vestiges de bâtiments, ainsi que la tour proprement dite. Cette dernière est moins atteinte par le temps que le reste de l'ensemble de la structure. On peut également remarquer des échafaudages installés autour de cette tour.

Alina, qui a pris son pc portable, pose celui-ci sur une pierre. Dépliant son appareil pour afficher son écran, elle exécute l'application de visioconférence utilisée par la Guilde des Vardènes.

– "Malgré notre avantage stratégique, je ne pense pas que nous tiendrons éternellement." annonce la jeune prêtresse. "Pendant la bataille, je vais lancer un appel à l'antenne de la Guilde à Ventoval, la commune la plus proche d'ici."

– "Bonne idée !" approuve Eradan, en train d'observer autour de lui. "Gardli, nous avons deux entrées qui mènent là où nous sommes dans la cour fortifiée. Prenons des pierres, et bouchons ces entrées comme nous le pouvons."

Gardli, qui est le plus fort du groupe d'un point de vue force physique, pousse les plus grosses pierres pour boucher les entrées, suivis d'Eradan, de Farnir et même de Vivanie. La petite elfe est très volontaire pour cette tâche, alors qu'elle est très certainement la moins forte d'un point de vue force physique (si on exclut Rand, qui ne participe pas à cette tâche, restant plutôt près d'Alina).

– "Une tactique à adopter ?" demande Vivanie.

– "Toi et moi, nous irons nous poster le plus en avant devant cette fortification, étant donné que nous sommes ceux qui ont la plus longue portée d'attaque." lui répond Eradan. "N'hésite pas à utiliser tes pouvoirs de l'Aether les plus puissants et les plus destructeurs."

– "Nous nous posterons plus en arrière, l'Ombrelier et moi." annonce Gardli. "Nous vous apporterons le soutien nécessaire si des hobgobelins sont trop proches de vous."

– "Quant à moi, je me chargerai de la sécurité de monsieur Avelt, et continuerai mes appels à l'aide." finit Alina.

Tous se positionnent à leurs postes, prêts à accueillir les hobgobelins de la Serre Sanglante. Eradan dégaine son arc recurve de chasse et sort une flèche de son carquois. Vivanie tient sa main droite près de son visage, sa main gauche en arrière vers le sol, prête à utiliser ses puissants pouvoirs de l'Aether. Gardli tient fermement sa hache d'armes de ses deux mains. Et Farnir met sa main gauche près de son visage, son épée de côté pointée vers le ciel, sa main droite tenant trois dagues de jets.

La bataille est sur le point de commencer.

- 18 -
Bataille sur la colline

Les véhicules blindés de la Serre Sanglante arrivent aux pieds de la colline. Des créatures humanoïdes au teints de peaux jaunâtres ou verdâtres et aux yeux rouges, équipés d'armures de plaques métalliques couvrant leurs bustes, leurs avant-bras et leurs tibias, de heaumes couvrant leurs fronts et leurs joues, ainsi que d'armes diverses (épées et boucliers, armes d'hast et fusils d'assaut), sortent de ces véhicules. Avec leur manière de se tenir bien droit, de se coordonner tous ensemble façon militaire, pas de doutes, il s'agit bien de hobgobelins, qui sont des adeptes du combat rangés et organisés, contrairement aux gobelins et aux orcs. Différents groupes d'attaque sont établis, chacun dirigé par un meneur. Un hobgobelin ayant l'air plus imposant au vu de son équipement fait le tour de ces groupes, puis s'entretient avec chacun de ces meneurs. Il s'agit certainement du général qui va diriger cette attaque sur la tour d'Aeln Far.

– "Au fait, Eradan…" chuchotte Vivanie, qui est postée près de lui. "Tu ne pourrais pas faire appel aux animaux du coin pour avoir des renforts ? Ça pourrait nous être utile."

– "Ce ne serait pas une bonne idée." lui répond Eradan en chuchotant. "Nous sommes à découvert ici. Les animaux n'auront pas l'élément de surprise. Les hobgobelins les verront arriver, et au vu de leur supériorité en matière d'armement, beaucoup d'animaux pourraient y laisser leurs vies. Et même s'ils sont prêts à se sacrifier pour une cause juste, je n'ai pas envie d'être le déclencheur d'un véritable massacre."

– "D'accord, je te comprends." le rassure Vivanie. "Et puis, si on a de la chance, grâce à Alina, on aura des renforts."

Deux groupes de hobgobelins grimpent la colline, chacun composé de six soldats et d'un meneur. Eradan attend qu'ils soient à portée de tir, à environ 60 mètres.

– "Allons-y, Vivanie !" lui ordonne l'Arpenteur.

Sans plus attendre, Eradan décoche très rapidement une flèche qui transperce le cou d'un des meneurs. Le groupe concerné est soudainement désorganisé, mais charge malgré tout vers l'Arpenteur et la petite elfe, suivis de quatre autres groupes d'attaque. Sans hésiter un instant, Vivanie effectue un geste circulaire de sa main droite et tend son bras droit en avant vers ces hobgobelins. D'un coup, une boule d'énergie enflammée en sort et percute un des soldats du premier groupe. À l'impact, celle-ci génère une immense explosion qui s'étend sur les cinq groupes d'attaque en une onde enflammée, les brûlant très violemment et les projetant en l'air très loin. Eradan est stupéfait de ce pouvoir. Bien sûr, il savait que Vivanie est très puissante, mais c'est la première fois qu'il la voit déployer ce tel niveau de puissance ! Il regarde la petite elfe, ébahi, et celle-ci lui fait un clin d'œil, lui souriant avec une posture et une allure de petite fille toute mignonne et innocente.

Mais cela ne décourage pas les hobgobelins, et d'autres groupes d'attaque grimpent la colline. Eradan décoche plusieurs flèches, chacune faisant mouche. Vivanie utilise de nouveau ce pouvoir destructeur. Même s'ils arrivent tous les deux à abattre plusieurs hobgobelins, ils deviennent de plus en plus nombreux à grimper la colline, avec six voitures blindés qui les accompagnent. Eradan sort trois flèches et les posant sur son front, pointes vers le ciel, il ferme ses yeux pour se concentrer. Ces pointes sont entourés de traits d'énergie électrique, et lorsqu'il tire avec une flèche, en percutant un hobogelin, ces traits atteignent cinq autres. L'Arpenteur réussit à vaincre ainsi un total de dix-huit soldats avec ses trois flèches. Quant à Vivanie, elle tend ses deux bras en avant, mains bien ouvertes, et de chacune d'elles, de nouveau, une boule d'énergie enflammée en sort. Chacune de ces boule percute violemment une voiture blindée et à l'impact combiné, l'ombre calcine les quatre autres voitures, les détruisant complètement et les projetant. Là encore, Eradan est ébahi par la puissance de la petite elfe, qui lui fait de nouveau son petit clin d'œil et son attitude de petite fille toute mignonne et innocente. Cela fait craquer Eradan en la voyant ainsi, en train de ressentir un sentiment étrange, à la fois effrayé par la puissance de la petite elfe, mais également en train d'être complètement sous son charme de par son attitude, plus qu'il ne l'est déjà dès sa première rencontre avec elle.

– "Bien joué, Vivanie !" la complimente Eradan.

– "Merci beaucoup !" répond celle-ci. "Par contre, j'ai beaucoup utilisé de mes ressources, et j'ai l'impression que la bataille est loin d'être finie !"

Eradan observe la montée des hobgobelins. Effectivement, cela ne les décourage pas. Leur progression devient de plus en plus rapide, et il finit par juger qu'il leur faudra à peine 4 minutes pour qu'ils soient proches de l'Arpenteur et de la petite elfe. Et même si ces derniers déchaînent leurs attaques, ils savent que cela ne les ralentira pas.

– "Reculons, Vivanie ! Retrouvons les autres !"

Ils courent tous les deux en direction de la tour, s'approchant ainsi de Gardli et de Farnir.

– "ILS APPROCHENT !" hurle Eradan au nain et à l'Ombrelier.

– "Pas de problèmes !" se réjouit le nain. "Je vais leur montrer ce que vaut un noble chevalier des Monts Ouestford !"

Trois soldats hobgobelins arrivent face à Gardli, qui les a à portée d'attaque de sa hache d'armes. Mais très rapidement, et avant qu'ils ne le réalisent eux-même, pour chacun d'entre eux, une dague de jet se plante dans le cou, les faisant ainsi tomber à terre.

– "HÉ ! C'ÉTAIT LES MIENS, JEUNE HOMME !" crie Gardli à Farnir.

– "Fallait être plus rapide, mon ami !" se justifie l'Ombrelier.

Le nain se poste davantage en avant, dominant ainsi en hauteur les hobgobelins qui arrivent. Ces derniers n'arrivent pas à monter plus haut car le tranchant de la hache d'armes du nain coupe des têtes, ou bien fracasse des crânes, et ce malgré les heaumes des hobgobelins. D'autres arrivent ailleurs sur la colline, mais avec un élan très vif et très rapide, Farnir se jettent sur eux de manière très acrobatique et les transperce de son épée de côté là où ils ne sont pas protégés, ou bien tranche également leurs cous. Eradan range son arc recurve de chasse et dégaine son épée longue afin de rejoindre la mêlée. Quant à Vivanie, de son côté, elle préfère rester hors de portée des armes de mêlée des hobgobelins, étant donné qu'elle n'est pas aussi puissante qu'eux d'un point de vue martial. Elle envoie aux hobgobelins son pouvoir de l'Aether qui envoie une sphère d'énergie bleutée à tête chercheuse, frappant tel un puissant coup de poing à distance.

C'est une véritable bataille devant les fortifications de la tour d'Aeln Far. Même si Eradan, Vivanie, Gardli et Farnir s'en sortent pas trop mal et que chacun réussit à vaincre à lui seul plusieurs hobgobelins, ils finissent malgré tout par être dominés par le nombre.

– "Je crois qu'il est temps de rejoindre la cour intérieure." suggère Farnir, qui en même temps dévie en un seul geste l'épée à une main d'un hobgobelin et en même temps transperce la gorge de celui-ci, pour enchaîner et finir par un violent coup de pied droit sur ses parties intimes, le mettant ainsi à terre.

– "Bonne idée !" approuve Eradan. "TOUS À LA COUR !"

- 19 -
Bataille dans la tour

Eradan, Vivanie, Gardli et Farnir se précipitent en direction des fortifications. Durant leur brève retraite, des coups de feu de fusils d'assaut se font entendre, mais heureusement pour eux, aucune balle ne fait mouche. Lorsqu'ils s'approchent de l'entrée de la cour fortifiée, celle-ci est bouchée par les pierres qu'ils ont placées en guise de protection. Ayant prévu le coup, il y a une échelle qui leur permet de traverser cette fortification. Farnir commence à grimper sur cette échelle, suivi de Gardli, de Vivanie et enfin d'Eradan (qui peut d'ailleurs voir sous la mini-jupe plissée de la petite elfe, cette dernière rougissant mais comme c'est l'Arpenteur qui regarde, elle ne s'en offusque pas). Une fois tout le monde en haut, Eradan prend l'échelle pour la placer côté cour.

– "Descend en premier, Vivanie." lui ordonne Eradan. "Je préfère te savoir en sécurité la première."

– "D'accord !" lui répond la petite elfe en lui faisant un clin d'œil et en lui souriant, car elle a parfaitement compris qu'il ne s'agit pas de ça, mais plutôt que l'Arpenteur n'a pas envie que les autres regardent sous sa mini-jupe.

Eradan la suit dans la descente de cette échelle, suivi de Farnir et de Gardli. Une fois tout le monde du côté cour intérieur, l'Arpenteur prend l'échelle et la jette loin derrière, enlevant ainsi aux soldats hobgobelins tout moyen de traverser la fortification.

– "Bonne nouvelle !" se réjouit Alina, toujours devant son pc portable. "Nous aurons des renforts de la part de l'antenne de Ventoval ! Et en plus de ça, la commune enverra également des miliciens !"

– "C'est plutôt bon signe !" est rassuré Gardli.

– "Par contre, Ventoval est à environ 85 kilomètres d'ici." fait remarquer Farnir. "En respectant les limitations de vitesse, et sans problèmes de circulation, ils vont mettre environ 1 heure pour arriver ici. Et même s'ils dépassent ces limitations de vitesse, on aura quoi ? 40 minutes ? 30 minutes à tenir ?

– "Ça risque de faire long, non ?" s'interroge Vivanie. "C'est largement assez de temps pour que les hobgobelins réussissent à entrer dans la cour intérieure.

– "Tenons-nous prêts !" dit Eradan aux autres. "Armés comme ils sont, effectivement, ça ne leur prendra pas trop de temps pour…"

– "À TERRE !" hurle Farnir.

Tous plongent à terre, et ils ont bien fait, car un bruit d'accident se fait entendre soudainement, puis ensuite des pierres sont projetées au-dessus d'eux pour s'écraser dans la cour intérieure.

– "Mais… ces pierres…" s'étonne Gardli, qui voit qu'elles lui sont familières.

Et il a vu juste ! Ces pierres sont celles qui ont servi à boucher les entrées de la cour fortifiée. Ce qui signifie…

Tous voient un véhicule blindé et accidenté entrer dans la cour. Les hobgobelins s'en sont servi pour forcer l'entrée.

– "TOUS DANS LA TOUR !" ordonne Eradan en hurlant, et qui en même temps abat à lui seul trois hobgobelins avec son épée longue.

Alina voulait fermer son pc portable, mais malheureusement pour elle, elle n'en a pas eu le temps, car un coup de feu le détruit soudainement !

– "HÉ ! MON PC GAMING SUPER CHER !" hurle Alina avec effroi en voyant son appareil complètement détruit.

Voyant le responsable de cette destruction, un hobgobelin armé d'un fusil à pompe, la jeune prêtresse aux cheveux rouges prend sa naginata et en un puissant coup vertical oblique de haut en bas vers sa droite, elle lui fend le crâne au point que celui-ci ne s'en remet pas, et ce malgré son heaume qui est complètement cabossé à l'impact de cette arme d'hast. Deux autres hobgobelins chargent vers elle. Alina, remplie de courage mais surtout de colère parce qu'on lui a détérioré son pc, se précipite vers eux. Elle décapite l'un des deux d'une frappe horizontale de sa droite vers sa gauche avec le côté lame de sa naginata, puis enchaîne pour décapiter l'autre d'une frappe horizontale de sa gauche vers sa droite.

– "ALINA !" lui hurle Farnir. "À LA TOUR !"

La jeune prêtresse rejoint les autres qui s'y sont déjà réfugiés. Une fois tous à l'intérieur, ils ferment la porte puis verrouillent celle-ci, en ajoutant également des traverses en bois pour bloquer davantage l'ouverture.

– "Vous allez bien, monsieur Avelt ?" lui demande Gardli.

– "Ça va aller, et cela grâce à vous." lui sourit Rand, qui n'a pas du tout l'air apeuré ni même stressé par la situation.

– "Nous ferons ce qu'il faut pour vous aider et pour veiller à votre sécurité, monsieur Avelt." lui rassure Alina.

BAAM !!!

– "Ils tentent de forcer la porte !" constate Eradan. "Ça ne leur prendra pas trop de temps. Montons jusqu'au sommet ! Au moins, là-haut, l'avantage du nombre ne leur servira à rien."

Sans hésiter une seconde, tous empruntent les escaliers en colimaçon pour accéder jusqu'au sommet de la tour. Et Eradan a vu juste ! Un véhicule blindé fonce sur la porte, la brisant ainsi, ouvrant le passage à l'intérieur de la tour pour les hobgobelins. Eradan et les autres montent en file indienne, étant donné l'étroitesse de l'escalier. Gardli ferme la marche, et fracasse de sa hache d'armes les hobgobelins à sa portée d'attaque.

Une fois tous au sommet de la tour d'Aeln Far, Gardli verrouille la porte qui y mène. Le nain se poste ensuite face à elle, prêt à frapper chaque hobgobelin qui la traverse. Cette porte est soudainement forcée, et un hobgobelin tente une traversée mais malheureusement pour lui, il subit sur son torse un violent choc de la part de la hache d'armes du nain. Malgré son plastron métallique, le cabossage est interne, lui coupant le souffle et lui brisant les côtes, le mettant ainsi à terre. Un autre hobgobelin tente sa chance, mais il finit comme son collègue.

Soudain, un coup de feu se fait entendre ! Gardli reçoit la balle sur sa poitrine droite, et bien que son plastron le protège, le choc est suffisamment violent pour qu'il ait un recul et qu'il sente malgré tout la douleur. Un autre coup de feu percute sa poitrine ! Et encore un autre ! Gardli tient bon, mais il ne pourra pas le faire éternellement. Sans plus attendre, Alina tend son bras droit vers le nain, sa main droite bien ouverte, et une sphère blanche lumineuse entoure celle-ci. Une lueur de la même couleur entoure ensuite Gardli. Ce pouvoir de l'Aether lancé par la jeune prêtresse lui permet de se revigorer, lui permettant ainsi de tenir plus longtemps. Mais même avec ça, ça ne pourra pas non plus durer éternellement.

Une flèche file à la droite de Gardli vers l'entrée qui mène aux escaliers. Un cri de douleur se manifeste. C'était Eradan ! L'Arpenteur a eu le réflexe de décocher une flèche dans cette direction.

– "Il va falloir que les secours arrivent vite !" s'exclame Eradan, qui tire encore en direction de l'entrée. "On ne pourra pas tenir éternellement ici !"

Eradan tire encore et encore vers cette porte, jusqu'à épuiser toutes ses flèches. Farnir en fait de même avec ses dagues de jets, finissant par épuiser celles-ci également. Vivanie et Alina utilisent toutes leurs ressources pour envoyer des pouvoirs de l'Aether permettant d'attaquer à distance, au point d'y aller jusqu'à épuisement, finissant par être à genoux.

Tous finissent par être essouflés. Eradan tient son épée longue avec difficultés dû à la fatigue accumulée, et il en est de même pour Gardli et Farnir qui tiennent difficilement leurs armes. Même Alina, bien que trop épuisée par l'utilisation de l'Aether, est en posture martiale avec sa naginata et ce malgré la fatigue.

– "UUAAAAAARRRGGGHHHH !!!!" hurlent des cris de hobgobelins depuis la cour.

– "Hé ! Vous entendez ?" s'étonne Vivanie.

- 20 -
Les Vardènes de Ventoval

Les cris de hobgobelins provenant de la cour se font de plus en plus intenses. Environ 30 minutes se sont écoulées depuis que les hobgobelins sont entrés dans la fortification de la cour.

– "On dirait que les renforts sont arrivés." se réjouit Eradan.

Gardli remarque qu'il n'y a plus de hobgobelins qui tentent leur chance pour traverser l'entrée menant au sommet de la tour. Il finit par se détendre au point de relâcher sa posture martiale défensive.

– "Allons voir dans la cour !" leur propose-t-il.

Tous descendent vers la cour, et lorsqu'ils y arrivent, ils voient des individus aux allures diverses se battre contre les hobgobelins. Pas de doutes, il s'agit des Vardènes de Ventoval, celles et ceux qui ont répondu à l'appel d'Alina.

Parmi eux, il y a un elfe de grande taille et plutôt baraqué. Plutôt bel homme, équipé d'un harnois bien ajusté sur son corps, de couleur argentée et étincelante, chacun de ses mouvements sont d'une telle élégance et d'une telle fluidité. Il frappe de manière très nette et précise de son écu et de son épée de guerre à une main et à lame droite. Sa longue chevelure noire coiffée en queue de cheval suit ses mouvements telle une vague. Malgré l'esthétisme de ses gestes, aucun n'est inutile et chacune de ses frappes met à terre un hobgobelin. Cet elfe semble être le leader des Vardènes de Ventoval, car il leur donne des ordres. Il s'abaisse ensuite pour se couvrir le plus possible derrière son écu.

Une autre Vardène se distingue. Il s'agit d'une jeune fille toute mignonne en train de courir vers ce guerrier elfe. De très petite taille, n'atteignant même pas les 1,10 mètres, c'est une halfeline aux cheveux roses coiffés en couettes basses, une casquette noire sur la tête qu'elle porte à l'envers. Elle est habillée d'une très courte robe noire moulante sur ses belles formes plutôt bien développées pour sa petite taille, des baskets hautes fashion blanches et noires, et sur sa robe, un sweat à capuche avec sur celle-ci une épaisse fourrure synthétique noire. Avec son immense chaîne dorée qu'elle porte autour de son cou, le tout lui donne une allure de rappeuse. Cette fille de très petite taille saute en avant et se trouve au-dessus du guerrier elfe. Ce dernier lève alors son bras qui porte son écu, projetant ainsi la petite halfeline encore plus dans les airs. Voyant un groupe de douze hobgobelins, elle sort de sa poche une enceinte connectée pour la jeter au milieu d'eux. Sortant ensuite un micro, elle entonne un chant qui provoque une onde sonore de cette enceinte, projetant ainsi ces douze hobgobelins loin en arrière. Lorsqu'elle atterrit, elle se trouve face à huit hobgobelins. D'un geste de sa main droite, elle déplace par lévitation son enceinte connectée vers eux puis entonne un nouveau chant qui les étourdit.

Soudain, une belle jeune femme humaine cogne ces huits hobgobelins avec ses poings d'une telle puissance, au point de briser leurs heaumes et leurs plaques d'armures, pour finir par les mettre à terre. Cette Vardène a les cheveux blonds courts et les yeux bleus. N'étant équipée d'aucune protection, elle ne porte sur elle qu'un sport top rose foncé aux bords blancs bien moulants sur sa poitrine généreuse, d'un mini-short également moulant et rose foncé aux bords blanc, des chaussures de sport roses clairs pointues, et des mitaines de la même couleur. Une dizaine de hobgobelins armés jusqu'au dents encercle cette jeune femme, pensant avoir l'avantage sur elle qui est totalement désarmée. Comme ils se sont trompés ! Très sûre d'elle, ses poings fermés, son bras gauche est tendu en avant, son biceps droit le long de son buste, son avant-bras droit en diagonale couvrant ses abdominaux et son cœur, ses jambes écartées, son pied gauche pointant vers l'avant et son pied droit placé perpendiculairement par rapport à ce dernier. La posture martiale qu'elle adopte est typiquement celle de la très fameuse boxe du grand cogneur et penseur Charles Edmont, dont son enseignement est pratiqué dans tout Énoria. Un hobgobelin charge vers elle mais d'un coup, la jeune femme tend son bras droit en arrière, puis tourne son bras gauche en arrière et de ce fait, ses hanches tournent vers sa gauche et son poing droit est projeté en avant, provoquant ainsi une très grande puissance de frappe qui cabosse la plaque d'armure de son adversaire, lui coupant ainsi son souffle et le mettant à terre. Malgré cela, les neuf autres hobgobelins chargent à l'unisson vers elle. Reprenant sa posture martiale, elle dévie une frappe d'un revers de son avant-bras gauche pour enchaîner avec un uppercut de son bras droit. Elle envoie son pied droit en avant pour frapper avec le côté gauche de son talon droit afin de briser le tibia droit d'un autre hobgobelin. Elle écrase de son pied gauche un genou gauche adverse. Elle projette la pointe de son pied droit afin de percer et de briser les côtes d'un autre. Avec une telle maîtrise martiale de ce style, cela fait de ses poings et de ses pieds de véritables armes, faisant du corps très bien foutu de cette belle Vardène une machine de guerre très redoutable.

En plus de ces trois Vardènes et de huit autres qui s'illustrent avec autant d'éclats, il y a également les miliciens de Ventoval armés de pistolets automatiques, de fusils à pompe et de fusils d'assaut qui les accompagnent pour combattre les hobgobelins. Voyant cela, Eradan et les autres se joignent à la mêlée. En moins de 4 minutes, ils finissent par avoir l'avantage contre les soldats de la Serre Sanglante.

- 21 -
Le général de la Serre Sanglante

Durant l'affrontement, Eradan fait face à un hobgobelin bien plus imposant que les autres. Il s'agit du général qui coordonne les troupes de la Serre Sanglante. Tout comme l'Arpenteur, lui aussi se bat avec une épée longue, sa pointe levée vers le ciel et en arrière, ses bras levés. Quant à Eradan, ses mains sont à droite de son visage, la pointe de son épée longue pointée vers son adversaire.

S'avançant vers lui, il tente un coup oblique vers la tempe gauche du hobgobelin afin de jauger son niveau martial, qu'il juge plutôt élevé. Et il a vu juste ! En un mouvement fluide et vif, le général fait un pas de son pied droit en avant et vers sa droite, puis plaçant le tranchant de sa lame parallèlement au sol et posée sur son pouce droit, il effectue une frappe circulaire telle une hélice d'hélicoptère vers la tempe gauche de l'Arpenteur. Ce coup, appelé 'coup de travers' ou 'coup transversal', est typique du style martial du grand maître Jéhanne Lieckmayer, une autre icône de l'épée longue au même titre que Felipe Livadi. Eradan, grâce à ses réflexes, réussit à voir ce coup en moins d'1 seconde et interrompt le milieu de sa frappe pour l'intercepter. Il réussit à faire cela, mais malheureusement, il n'a pas pu placer sa pointe vers son adversaire en un mouvement de parade, l'obligeant ainsi à faire un autre mouvement pour cela. Malheureusement encore, il n'a pas pu avoir le moindre temps pour cela car le hobgobelin enchaîne avec un violent coup de coude gauche circulaire sur la joue droite de l'homme. Celui-ci, sentant la douleur, est complètement déséquilibré au point qu'il lâche son épée longue.

Le hobgobelin se met ensuite à bonne distance pour lui projeter la pointe de son arme, pour effectuer un estoc efficace. Eradan réussit à s'écarter vers sa gauche et saisissant de sa main droite le poignet droit du général, il attire le bras droit adverse sur sa poitrine et de son avant-bras gauche, il pousse le triceps du hobgobelin dans le but de lui faire une prise martiale pour le mettre à terre. Malheureusement, celui-ci répond par un puissant coup de poing gauche sur le front de l'Arpenteur. L'homme hurlant de douleur, le choc le sonne momentanément, et moins d'1 seconde après, le hobgobelin lui donne un violent coup de pied droit dans l'estomac d'Eradan, le projetant ainsi et le mettant à terre. Au moment où il se relève, sentant encore la douleur, il dégaine son arc de sa main gauche puis transfert son arme de tir dans sa main droite.

Ses dents serrées, son regard enragé car il comprend que son adversaire a un niveau martial très élevé, dès que le général de la Serre Sanglante est à sa portée, l'Arpenteur frappe avec son arc en un coup oblique de sa droite vers la joue gauche adverse. Il use la totalité du très peu d'énergie qui lui reste avec une nouvelle frappe de son arc, horizontalement vers sa droite sur la joue droite adverse, puis enchaîne avec un coup de poing gauche sur la mâchoire du hobgobelin. Cette succession de trois coups s'est faite en moins de 2 secondes, Eradan voulant faire preuve de vitesse afin de ne donner aucune occasion à l'hobgobelin. L'homme lui saisit ensuite de sa main gauche le poignet droit adverse tenant l'épée longue, puis avec son arc, il enchaîne quatre frappes consécutives sur le front adverse, chaque frappe devenant de plus en plus nerveuse et violente. Mais soudain, le hobogbelin fait un revers de son avant-bras gauche sur l'avant-bras droit de l'Arpenteur. Le choc étant très violent, cela l'oblige malheureusement à lâcher son arc.

      Le général a ensuite l'intention d'enchaîner avec un coup de pommeau de son épée longue sur le front d'Eradan. Celui-ci lève ses avant-bras qu'il dispose en croix et en faisant cela, il bloque l'avant-bras droit du hobgobelin. Il entoure ensuite de son bras gauche le coude droit adverse de l'intérieur vers l'extérieur, puis effectuant un vif geste circulaire de son avant-bras gauche du bas vers le haut, cela crée une mécanique de levier sur le bras droit du hobgobelin. Celui-ci hurle de douleur en sentant son bras droit tourné vers sa droite de manière pas naturelle, subissant ainsi cette redoutable clé de bras de l'Arpenteur qui l'oblige à lâcher son arme. Mais le hobgobelin choc les côtes droites d'Eradan avec son genou gauche.

      L'homme finit les genoux à terre, hurlant de douleur lui aussi. Il se fait ensuite brutalement écraser par le pied droit du hobgobelin qui lui plaque son dos. Et il enchaîne par un nouveau coup de pied droit sur l'Arpenteur. Et encore ! Et encore ! Et encore ! C'en est assez ! Eradan doit absolument en finir avec ce duel très difficile, car sinon, il risque d'y rester, vu le haut niveau martial de son adversaire. Dégainant sa dague, il plante celle-ci dans l'arrière du mollet gauche de son adversaire juste avant qu'il réussisse son coup de pied sur ses côtes, puis trace violemment une ligne tout le long arrière de sa jambe gauche !

Eradan recule, car il souhaite créer une longue distance entre son adversaire et lui. Il est maintenant à environ 10 mètres de lui. Debout et tremblant, il tente une action finale. Il lève son bras droit en l'air et son bras gauche vers le bas, fait un geste circulaire de ceux-ci pour les avoir dans le sens opposé, place ses mains devant son nez, sa main gauche devant sa main droite, puis enfin écarte ses bras, son corps formant une croix. Soudain, du sol sous les pieds du hobgobelin, des lianes en sortent pour le ligoter très fermement.

Pfiou ! L'Arpenteur a enfin gagné ce duel !

Il récupère son épée longue puis s'approche du général de la Serre Sanglante.

– "C'EST FINI ! VOTRE GÉNÉRAL EST VAINCU !" hurle Eradan aux autres hobgobelins de la Serre Sanglante. "PARTEZ D'ICI !"

Le peu de survivants hobgobelins est soudainement stoppé par le hurlement d'Eradan, pour voir leur général complètement immobilisé par des lianes provenant du sol. L'Arpenteur serre de sa main gauche le front du général et pointe de son épée longue le cou de celui-ci.

– "MAINTENANT !" hurle de nouveau l'Arpenteur aux hobgobelins avec encore plus de violence et d'agressivité.

Les hobgobelins restant prennent finalement la fuite. La bataille d'Aeln Far est enfin finie !

- 22 -
Le mystère de la bataille

Environ 34 minutes se sont écoulées depuis que la bataille d'Aeln Far a été remportée. Pour tous, c'est enfin le moment de souffler un bon coup pour récupérer.

– "ERADAN !" appelle Vivanie qui se précipite vers lui.

L'Arpenteur est accroupi par terre, complètement épuisé et surtout bien amoché par son duel contre le général de la Serre Sanglante. Lorsque Vivanie le prend dans ses bras, il hurle de douleur, bien que ravi.

– "Oh ! Désolée !" s'excuse Vivanie.

– "Ce n'est rien.. AÏE !"

Une des Vardènes de Ventoval s'approche d'Eradan. Il s'agit d'une belle jeune femme aux cheveux bruns foncés coiffés en couettes et habillée d'un qipao bleu foncé aux bords dorés bien moulant, mettant en avant ses formes. Tendant ses bras vers lui, un globe blanc lumineux l'entoure. Soudain, l'Arpenteur se sent mieux, ne sentant plus aucune douleur.

– "Merci… comment t'appelles-tu ?" lui demande Eradan.

– "Lin Xiyue." lui répond simplement la jeune femme.

– "Merci beaucoup, Lin." la remercie l'Arpenteur. "Je vais beaucoup mieux, grâce à toi."

Eradan se lève et s'approche du guerrier elfe aux cheveux noirs.

– "Merci à vous tous." commence Eradan.

– "Il n'y a pas de quoi." lui dit le guerrier elfe. "C'est notre devoir que d'aider, en tant que Vardènes." Il marque une courte pause. "Au fait, je suis Joril Elandel, le responsable de cette mission de sauvetage."

Il se met à présenter toute son équipe, dont Élora Filargent la petite halfeline rappeuse, Lucinda Lecour la boxeuse du style Charles Edmont, et Lin Xiyue la doctoresse guérisseuse. Un nain en imperméable rouge avec un chapeau rouge et une barbe blanche s'approche de Joril. Il tient dans sa main gauche un pc portable.

– "Ah ! Et voici notre expert en investigation et en interrogatoire parmi les Vardènes de Ventoval, Barnit Col-de-Brun."

– "Enchanté." salue ce nain. "J'ai procédé à un interrogatoire auprès du général de la Serre Sanglante, mais je n'ai rien pu en tirer. J'ai fouillé dans sa voiture, et j'ai pu y trouver ceci." Il désigne le pc portable qu'il tient dans sa main gauche. "Je pense qu'on peut trouver des infos intéressantes, mais il n'a malheureusement plus d'énergie dans sa batterie."

– "Allons à la Guilde à Ventoval." suggère Joril. "Une fois là-bas, nous pouvons tous discuter de la situation."

Tous rejoignent leurs voitures respectives pour prendre la route vers Ventoval. Le général de la Serre Sanglante est emprisonné, gardé par quatre Vardènes de Ventoval qui ne lâche pas un œil sur lui (sauf évidemment celui qui prend le volant, bien sûr). Cela leur prend environ un peu plus d'1 heure pour parcourir les 85 kilomètres qui séparent la tour d'Aeln Far et le bâtiment de la Guilde de cette commune, les faisant ainsi arriver vers 20h08. Une fois arrivés, Eradan et son groupe sont invités dans une salle de conférence. Bien accueillis, on leur a préparé le dîner qu'ils vont pouvoir déguster pendant la réunion. De très bonne qualité, le menu de ce soir est plutôt simple : pour chacun, une assiette généreuse composée de grosses saucisses de volailles accompagné d'écrasés de pommes de terre, et comme boisson, soit de l'eau, ou mieux, de la bière blonde du brasseur local Maltéol provenant des campagnes autour de Ventoval.

Pendant ce temps-là, Barnit branche le pc portable du général de la Serre Sanglante au grand écran mural, afin que tous puissent en profiter, n'oubliant pas bien sûr de se verser une chope de 2 litres de cette bière. À ses côtés, une jeune femme aux cheveux longs et roux, avec une paire de lunettes, est assise face à cet ordinateur.

– "Ah !" s'exclame celle-ci. "Bien sûr, il faut un mot de passe… mais ça ne m'arrêtera pas !"

Celle-ci branche sur ce pc portable un appareil numérique. Dans le champ où le mot de passe doit être entré, de nombreux caractères s'affichent très rapidement afin de trouver la bonne combinaison. Après environ 15 minutes, les caractères formant le mot "mamanberthe01187526" s'affiche. C'est le bon mot de passe, et ainsi, un bureau s'affiche.

– "Ouvre directement Mithriome pour ouvrir sa boîte mail, Nadine." lui suggère Joril. "Il y a des chances pour que les infos que nous recherchons soit là-dedans."

La jeune rousse, qui s'appelle Nadine, s'exécute en ouvrant Mithriome, le navigateur web mis en avant dans la barre des tâches, pour directement arriver dans sa boîte mail. Elle tente de trouver les mails les plus intéressants parmi les trop nombreux qui ne le sont pas (promotions, pubs, communications privées et autres mails à caractère adulte…).

– "Qu'est-ce que c'est que ça ?" demande Rand qui se lève vers l'écran mural et pointe du doigt sur l'objet d'un mail intitulé 'Opération Avelt'.

Cela interpelle tout le monde, parce qu'on y mentionne ici le nom de famille de l'historien. Eradan observe ce dernier avec une plus grande méfiance, car au vu de l'intitulé de l'objet et à la bataille d'Aeln Far qui s'est déroulée, ça ressemble à une opération militaire. Une gigantesque, alors, au vu du nombre de soldats, et tout cela pour un historien !

Nadine ouvre le mail. Tous pouvait lire ceci :

"Général Koran Clix,

L'acompte de 50 milliards d'euldars vous a été versé, répartie entre votre compte et celle de vos hommes. Vous connaissez votre mission : capturer l'historien Rand Avelt. Si vous réussissez votre mission, vos hommes et vous recevrez 150 milliards d'euldars supplémentaires.

Dans le cas où votre mission est plus difficile que prévu, vous avez le droit de réunir davantage de combattants. Nous les paierons en conséquence à la hauteur de ce que nous vous payons déjà.

Sachez qu'en cas de pertes, nous prendrons en main les cérémonies d'enterrement des soldats que vous perdrez.

Sur ce, je vous souhaite bonne chance pour votre mission.

Cordialement,

Monsieur B."

– "Un acompte de 50 milliards d'euldars !" s'exclame Gardli avec étonnement. "Mais c'est énorme ! Et en plus, il promet encore 150 milliards supplémentaires, plus des potentiels frais supplémentaires équivalents !"

Le nain faillit tomber par terre. De tous ceux présents ici, Gardli est certainement celui qui sait le mieux représenter ce que vaut 200 milliards d'euldars, la monnaie utilisée sur la planète Énoria. Cela est dû à son rang royal et à ses anciennes fréquentations avec la haute société.

– "Qui peut se permettre un tel budget ?" demande Alina. "Ça me paraît énorme ! C'est seulement à la portée des grandes multinationales de notre planète !"

– "Mais même pour eux, c'est beaucoup trop !" s'exclame Vivanie. "S'ils dépensent une somme pareille, le risque de faire faillite est beaucoup trop grand ! Mais d'après ce mail, ce 'Monsieur B' est prêt à verser une somme trop immense ! Mais à part une multinationale, qui peut avoir ce genre de moyen ?"

– "Je n'ai pas envie de sonner inutilement une sonnette d'alarme…" intervient Eradan. "... mais honnêtement, j'espère qu'une nation n'est pas impliquée."

– "C'est vrai que ça peut être dans les moyens d'une nation." admet Gardli. "Mais une puissante nation, alors. On peut éliminer la plupart des nations qui composent l'Union Anordorienne. Et quand aux deux royaumes nains des Monts Ouestford et Estford… vous connaissez les nains de mon pays et ceux de l'est… même si nous en avons les moyens, nous ne lâchons pas notre argent comme ça ! Mais ça n'a pas l'air d'être le cas de ce 'Monsieur B', qui a l'air de dépenser sans compter."

– "Ce qui ne nous laisse que peu de suspects…" réfléchit Alina. "… mais j'espère sincèrement que ce ne sont pas ces deux-là !"

– "Tu penses à l'Empire de Desvinia et à la République d'Arkhandia ?" lui demande Farnir. "C'est vrai que c'est dans leurs moyens que de déployer une somme aussi immense, surtout pour une simple opération militaire."

– "Une seconde !" intervient Vivanie. "Je croyais qu'ils n'avaient pas le droit d'intervenir sur les Terre d'Anordor ! Le traité de Gélardine a été signé pour établir les conditions d'échanges entre les Terres d'Anordor, l'Empire et la République. Si leurs civils ont le droit de venir, ce n'est pas le cas de leurs militaires. Et dans tous les cas, un contrôle strict est opéré par les royaumes Ouestford et Estford pour chaque trajet impérial ou républicain."

– "C'est vrai que si des forces impériales ou républicaines sont mêlées à des affaires sur les Terres d'Anordor, ça se retournerait contre eux." ajoute Eradan. "Mais rien ne les empêche d'agir en furtivité, en parallèle à ce traité."

– "La clé, c'est ce 'Monsieur B'." conclut Farnir. "Si on réussit à mettre la main sur ce 'Monsieur B.', on aura toutes les réponses."

– "On va s'en charger." déclare Joril. "Vous autres Vardènes de Blanchesol, vous avez déjà une mission. Ne vous inquiétez pas, nous vous ferons part du moindre progrès."

Rand se lève pour se diriger vers la porte de sortie de la salle de réunion.

– "Monsieur Avelt !" coupe Eradan. "Vous n'avez pas d'explications à nous donner ? Je veux dire… une somme de cette ampleur a été déployée juste pour vous capturer."

– "Je vois votre méfiance, monsieur Tardarion." répond simplement Rand sans montrer le moindre sentiment de gêne. "Mais je suis fatigué, je vais retrouver ma chambre dans l'Auberge de l'Ours Hibernant."

Sans plus attendre, il quitte la salle de conférence.

- 23 -
L'Auberge de l'Ours Hibernant

Tous quittent la salle de conférence. Eradan, Vivanie, Gardli, Alina et Farnir se dirigent vers l'Auberge de l'Ours Hibernant. Avant le trajet de la tour d'Aeln Far vers Ventoval, eux et Rand ont effectué une réservation dans cette auberge. Une fois arrivés à l'Auberge de l'Ours Hibernant, ils retrouvent leurs chambres : une pour Eradan et Farnir, une pour Gardli, une pour Vivanie et Alina, et une pour Rand. D'ailleurs, ce dernier y est et est déjà couché (c'est ce que la réceptionniste a déclaré lorsqu'Eradan lui a demandé si l'historien était là).

Dans leur chambre, après avoir enfilé une tenue pour dormir (t-shirt et short), Eradan et Farnir s'allongent sur leurs lits respectifs sous leurs couvertures. Le sommeil vient plutôt rapidement.

Après environ 2h53 de sommeil, vers 1h04 du matin, l'Arpenteur se réveille soudainement. C'est quelque chose qui lui arrive souvent. En tant qu'éclaireur des forêts passant souvent ses nuits à l'extérieur, il a pris l'habitude de dormir peu, surtout s'il se trouve dans une zone remplie de dangers. Parfois, il se rendort après ce soudain coup de réveil, mais souvent, il préfère rester éveillé car il ne ressent pas le besoin de dormir davantage. Il voit aussi que Farnir est absent de leur chambre. Gardant sa tenue de nuit, il en sort pour aller au bar de l'auberge, car il a une très grande envie de boire soit de la bière, soit un digestif.

Dans les couloirs de l'auberge, Eradan marche silencieusement car la plupart des clients sont en train de dormir. Lorsqu'il arrive au bar, il retrouve Farnir (lui aussi dans sa tenue de nuit) en train de boire une Prunelle de Ventoval. L'Arpenteur s'assit sur un tabouret pivotant à la gauche de celui sur lequel est assis l'Ombrelier.

– "Une blanche en 50 !" demande Eradan au barman elfe, plutôt élégant dans son costume noir bien ajusté, lui donnant un look de vampire.

Le barman lui sert une bière blanche de la marque Plaisirs Mousseux.

– "Tu ne dors pas toi non plus ?" lui demande Farnir.

– "Je n'ai pas vraiment besoin de beaucoup d'heures de sommeil."

Eradan commence à boire sa bière.

– "Au fait, comment se fait-il que des Ombreliers aient en leur possession une de nos reliques ?" lui demande l'Arpenteur.

– "Si tu savais ce qu'on possède dans nos planques…" lui répond Farnir en buvant sa prunelle.

L'Arpenteur comprend qu'il ne répondra pas davantage à cette question. Après tout, il a affaire à un Ombrelier, ce n'est pas comme s'il allait tout lui apporter sur un plateau (il serait plutôt du genre à prendre qu'à donner).

– "Très bien." dit simplement Eradan. "J'ai une autre question. Comment un historien a-t-il réussi à voler une relique ranelthienne dans une de vos planques ? Ce n'est pas à la portée de tout le monde, et je suis sûr que votre système de sécurité est à la pointe."

– "Même si je peux faire confiance à un Arpenteur, je ne vais pas non plus te révéler tous nos tours. Mais tu as raison, ce n'est pas à la portée de tout le monde. Cet historien doit avoir un talent exceptionnel pour réussir à nous tromper…" Il s'arrête quelques secondes pour examiner Eradan. "… mais je parie que tu le pressentais déjà, non ? Tu m'as bien l'air d'être le genre d'individu à observer tout ce qui se passe et à être méfiant."

– "C'est difficile de cacher ses intentions à un Ombrelier. Mais c'est vrai." admet Eradan. "Dès le départ, il y a quelque chose qui me gêne chez Rand. Au fait, à part la tablette ranelthienne, vous a-t-il dérobé autre chose ? Je sais que vos planques sont remplis de trésors de toutes sortes."

– "Non, rien d'autre que cette tablette."

– "Tiens donc ! Ça ne veut dire qu'une chose… Son action envers vous est ciblée. Je ne sais pas comment, mais il savait parfaitement où trouver cette tablette."

– "Eradan !" appelle une voix de jeune fille que l'Arpenteur connaît très bien.

L'Arpenteur et Farnir se retournent en faisant pivoter leurs tabourets. Ils voient arriver Vivanie et Alina. Toutes les deux sont vêtues d'un maillot de bain une pièce bien moulant mettant en avant leurs formes (rose foncé pour la petite elfe, bleu marine pour la jeune prêtresse). Les deux hommes rougissent légèrement en les voyant ainsi, leurs regards ne quittant pas ces deux jeunes et jolies demoiselles.

– "Vous ne dormez pas, vous non plus ?" demande Eradan.

– "On était toutes les deux dans la piscine de l'auberge." explique Alina. "Il n'y avait que nous deux. On était tellement détendues qu'on n'a pas vu le temps se dérouler. Puis comme on a eu envie de boire, on s'est dirigées vers le bar, pour finir par vous retrouver tous les deux."

Sans hésiter, Vivanie s'assoit sur les genoux d'Eradan. Un peu gêné d'avoir la jolie petite elfe uniquement habillée de ce maillot bain une pièce bien moulant, il apprécie néanmoins l'avoir sur lui. Posant ses mains sur les épaules de Vivanie, il l'attire doucement vers lui. Celle-ci se laisse faire, et le regardant, elle lui sourit.

– "Fais moi de la place, toi !" ordonne Alina à Farnir en s'imposant pour s'asseoir sur les genoux de ce dernier.

– "Tu ne veux pas plutôt t'asseoir sur un tabouret de libre ?" lui demande Farnir, lui aussi gêné d'avoir sur lui une très belle jeune femme uniquement habillée de son maillot de bain une pièce.

– "Et être à l'écart de la discussion ? Non merci !" Sentant quelque chose se frotter sur la raie de ses fesses, elle tourne sa tête vers l'Ombrelier. "Hé ! T'excites pas trop non plus, hein ?"

– "Hé ! C'est pas ma faute si j'ai une très jolie femme bien sexy et presque nue sur mes genoux !" tente de se justifier Farnir. "Je ne peux pas être indifférent quand j'ai une telle beauté divine…"

Le barman elfe interrompt cette justification en apportant des boissons.

− "Un rhum au miel Lifiniel." annonce celui-ci. "Pour la jolie dame aux cheveux rouges, quand je vois son visage, je vois qu'elle est habituée à boire ça comme de l'eau." Il pose devant elle une chope d'1 litre de bière brune.

− "Vous sous-entendez quoi ?" demande Alina au barman elfe avec un air vexé.

− "Ça ne doit pas être facile de sortir avec une pochtronne…" compatit le barman elfe à Farnir.

Celui-ci, Eradan et Vivanie rigolent au fait qu'Alina soit vue comme une alcoolo.

− "Hé ! Vous aussi vous me prenez pour une ivrogne ?" commence à s'agacer Alina. "Hé vous, monsieur, lui et moi, on n'est pas ens… oh et puis zut !"

− "Vous parliez de quoi, tous les deux ?" demande Vivanie en tentant de changer la conversation.

− "Ah ! On parlait du fait qu'il soit possible que Rand a spécifiquement dérobé les Ombreliers pour la tablette ranelthienne, car à part ça, il n'a rien volé d'autre." lui explique Eradan en train de lui caresser à la fois ses joues, les pointes de ses oreilles et ses couettes, la petite elfe se laissant faire comme à son habitude.

− "Vous pensez tous les deux qu'il nous cache quelque chose ?" demande Alina après avoir bu les 5/6ème de sa chope de bière en une seule gorgée. "Hé ! Où tu mets tes mains, toi ?" s'agace-t-elle en tournant sa tête vers l'Ombrelier, sentant quelque chose se presser très fermement sur sa poitrine généreuse.

– "Désolée, ma jolie, je n'ai pas envie que tu tombes par terre." se justifie de nouveau Farnir, qui retire ses mains de la poitrine de la jeune prêtresse, pour ensuite les poser sur les hanches de celle-ci.

– "Mais bien sûr !" lui dit la jeune prêtresse.

Comme n'importe quelle femme, elle aurait en temps normal frappé Farnir pour un tel geste. Mais elle ne fait rien. Elle ne l'admettrait pas à elle-même, mais elle apprécie être sur les genoux du jeune homme. Après tout, il est pas trop mal et même plutôt à son goût. Elle rougit légèrement en le regardant.

– "Hé ! Monsieur !" appelle Alina au barman elfe après avoir fini sa bière brune de sa deuxième gorgée. "Une ambrée et une noire ! En 1 litre pour chacun !"

Le barman elfe s'exécute pour servir les boissons à la jeune prêtresse.

– "Tenez." lui dit simplement celui-ci. "Je sais que vous aimez passionnément la boisson, mais faites attention à ne pas tomber dans le piège de l'alcoolisme encore davantage que vous ne l'êtes déjà, madame."

Les trois autres se mettent à rigoler, ce qui agace encore Alina qui passe une nouvelle fois pour une pochtronne.

– "Au fait, Vivanie, je n'ai pas encore eu l'occasion de te poser la question." lui dit l'Arpenteur. "Mais la marque Lifiniel que l'on retrouve dans les vins, les apéritifs et les digestifs… ça a un lien avec ton nom de famille ?"

– "Ah oui ! C'est mon père qui a créé tous ces alcools." lui explique Vivanie. "Son entreprise marche tellement bien qu'il exporte même à l'étranger."

– "Je me disais bien." lui sourit Eradan. "Au fait, tu veux quelque chose à boire ?"

– "La bière blanche Soleil Joyeux aromatisée aux oranges !" lui répond joyeusement Vivanie. "En 50 !"

L'Arpenteur appelle le barman pour cette commande.

– "Au fait, est-ce que Rand sait que vous vous méfiez de lui ?" demande Alina.

– "Il est très loin d'être idiot." lui répond Eradan. "Je suis totalement sûr qu'il est courant qu'on se méfie de lui. Mais je ne pense pas que ça l'affecte. Je suis sûr qu'il a un objectif précis à Irelnordë, bien que j'ignore lequel."

Nos quatres amis passent du très bon temps au bar, entre les diverses boissons consommées et les différents jeux qui sont présents (baby foot, fléchettes, flippers, jeux d'arcade…). Puis vers 4h01 du matin, ils retournent vers leurs chambres pour aller dormir.

- 24 -
L'entrée secrète

Il est maintenant 10h46. Eradan et les autres sont réveillés. Après s'être changés et avoir pris le petit-déjeuner, ils rangent leurs affaires dans leurs voitures, puis prennent la route vers les ruines ranelthienne autour de Ventoval, celles qui correspondent à Irelnordë. Ayant environ 64 kilomètres à parcourir depuis l'Auberge de l'Ours Hibernant, cela leur prend près de 45 minutes, les faisant ainsi arriver vers 11h33. Une fois les voitures garées dans un parking, Rand sort immédiatement de la sienne et se précipite vers ces vestiges de la civilisation ranelthienne. Les autres prennent plutôt le temps d'examiner la vue qu'offre le site après être sortis de leurs voitures.

De ce qui reste, il s'agit pour la plupart des fondations de bâtisses en pierres. Sans fouilles archéologiques approfondies, il est difficile de savoir à quoi elles correspondent, si à tel emplacement il s'agit d'une auberge, ou ailleurs, une caserne de miliciens, ou alors une échoppe. Par contre, ce qui est identifiable est au centre du site. Il s'agit certainement de ce qui pouvait être le centre de l'antique cité, là où on peut imaginer le lieu idéal pour une foire remplie de stands d'artisans. Cette place forme un rond-point autour d'un lieu circulaire, sur lequel quelques pierres sont disséminées. Y'avait-il un monument ici ? En tout cas, Rand s'y trouve en train de prendre des notes sur son smartphone, examinant attentivement les lieux.

– "Vous aviez dit que vous étiez déjà venu ici, monsieur Avelt." lui dit Eradan qui s'approche de lui.

– "Effectivement." lui confirme Rand. "J'y ai passé un peu plus d'une semaine pour y effectuer mes recherches. Les indices que j'ai trouvés me permettent de deviner globalement l'aspect et le fonctionnement de cette cité antique. Pourtant, depuis notre réunion à la Guilde des Vardènes, grâce à vous et aux connaissances que vous m'avez apportées sur votre peuple, j'ai eu de nouveaux éclaircissements. Rien ne m'indiquait qu'il s'agit d'un centre de recherche. Il faut dire aussi que ce n'était pas mon objectif, auparavant."

Vivanie arrive avec trois bouteilles de bière, des blondes Blé en Bulles, chacune de 50 centilitres.

– "Tenez, c'est pour vous." annonce Vivanie qui tend une bouteille pour Eradan et une autre pour Rand. "Gardli a commencé à préparer le barbecue."

– "On arrive." lui dit Eradan, qui a déjà décapsulé sa bouteille de bière pour la boire.

Eradan, Vivanie et Rand retournent vers leurs voitures. Lorsqu'ils s'approchent, ils sentent une agréable odeur de viande en train de griller. Tous passent un bon moment pour déjeuner. Quoi de mieux qu'une bonne viande avec de la bonne bière !

– "Au fait, comment va-t-on trouver ce centre de recherches ?" demande Alina, qui vient de finir sa chope de 50 centilitres de bière pour ensuite se servir de nouveau dans la tireuse. "Je n'arrive pas à voir ce que ce site a de plus spécial qu'un autre."

– "Je suis d'accord avec vous, mademoiselle Delfort." approuve Rand. "Effectivement, bien qu'il devait s'agir d'une cité florissante, c'en est une parmi d'autres."

– "Certaines cités des Elfes des Plaines sont bâties sous terre. Peut-être est-ce le cas pour le centre de recherches d'Irelnordë ?" demande Vivanie.

– "C'est aussi le cas pour certaines cités naines." ajoute Gardli, qui est en train de se resservir en remplissant à nouveau sa chope d'1 litre. "D'ailleurs, lorsque les nains souhaitent bâtir un lieu secret, ils placeraient les entrées là où personne ne les trouverait, si ce n'est par des énigmes tordues. Peut-être que les Ranelthiens faisaient la même chose."

– "On fait pareil, pour nos planques." ajoute Farnir. "Par contre, dans le cas qui nous intéresse, si je comprends bien, là, nous n'avons aucune énigme. Et aucun indice sur site non plus."

Le silence se manifeste, malgré le crépitement des charbons de bois en train de brûler pour faire cuire la viande. Effectivement, le jeune Ombrelier a pointé du doigt quelque chose de juste. La seule chose qu'ils connaissent, c'est le lieu, Irelnordë. À part cela, rien d'autre. Même pas d'ailleurs ce qu'il y a à trouver, au final. L'objectif de Rand est quand même flou. On sait où chercher, et encore, mais pas quoi chercher.

– "La tablette !" réagit soudainement Rand. "Mais bien sûr ! Monsieur Tardarion, et s'il existe un rituel que seul votre sang peut réaliser, nous permettant ainsi de localiser cette entrée secrète ?"

– "Ce n'est pas impossible, monsieur Avelt." lui répond Eradan. "Mais... je vous avoue que je n'approuve pas."

– "Quel est le problème ?" lui demande l'historien. "Découvrir d'antiques savoirs technologiques de votre peuple pas encore découverts ne vous intéresse pas, monsieur Tardarion ?"

– "Je ne sais pas ce qu'on va y trouver, mais de ce que j'en sais, il y a parfois certaines choses de mon peuple qui ne méritent pas d'être dévoilées." lui avoue Eradan.

Rand s'assoit par terre. Très silencieux, il semble très embêté par ce que vient de lui dire l'Arpenteur. Il gratte le côté gauche de son front avec sa main droite, tel un candidat nerveux juste avant un entretien d'embauche. Regardant les autres, il agite soudainement sa main droite vers sa droite, comme si un moustique vient de l'embêter. Puis il se lève.

– "Vous avez raison, monsieur Tardarion. Veuillez accepter mes excuses. Parfois, je m'emporte, en tant qu'historien, lorsque je suis sur le point de faire une découverte. Et puis… je pensais aussi à mademoiselle Lifiniel, ça pourrait être un sujet très intéressant pour de nouveaux contenus sur son compte Overtube. Je veux avancer dans mes recherches. Toutefois, je vous laisse juge, monsieur Tardarion. Si selon vous, ce qu'on va trouver ne doit pas être déterré, je suivrai votre jugement. Cela vous convient-il ?"

Eradan réfléchit un petit moment. Il observe les autres et à leur mouvements de têtes, il semble qu'ils approuvent.

– "Très bien, monsieur Avelt." finit par approuver l'Arpenteur. "Après le déjeuner, allons au centre de l'antique cité. Nous ferons le rituel là-bas, c'est selon moi le lieu idéal pour détecter où se trouve cette entrée secrète."

Une fois le déjeuner achevé, vers 13h24, tous se trouvent maintenant au centre du rond-point. Rand pose par terre la tablette ranelthienne. Devant celle-ci, Eradan s'assoit par terre en tailleur, ses bras tendus en avant, ses yeux fermés. Sans un mot de la part de l'Arpenteur, Vivanie comprend qu'il a besoin de son soutien. La petite elfe se place debout derrière lui, ses mains sur les épaules de l'homme. Ce dernier commence à réciter une formule de l'Aether en langue ranelthienne. Une aura orangée lumineuse entoure Eradan et Vivanie. Un rayon de la même couleur par d'eux vers la tablette pour également entourer celle-ci. Après 4 minutes de récitation en transe, un tracé part de la tablette pour s'enfoncer plus profondément dans les ruines.

– "Suivons ce trait !" suggère Rand qui ne perd pas une seconde pour le faire.

Gardli, Alina et Farnir suivent l'historien, tandis qu'Eradan continue sa récitation, toujours soutenu par Vivanie. Le trait orangé pointe un bout de ce qui était probablement le mur de l'intérieur d'une bâtisse, sur lequel un point de la même couleur est parfaitement visible. Rand pose son index gauche sur cette pointe et soudain, un tremblement de terre se manifeste exactement là où il se trouve avec le nain, la jeune prêtresse et l'Ombrelier.

– "Le sol s'ouvre !" s'exclame Farnir. "Éloignez-vous !"

Après seulement 5 secondes, le tremblement s'arrête. L'ouverture du sol révèle un escalier menant sous terre, où une faible lumière turquoise claire peut se voir.

– "AAAAAAAAAHHHHH !!!!"

Soudain, l'aura de couleur orangée se dissipe. Tous retournent au rond-point après avoir entendu l'Arpenteur hurler de douleur. Ils voient celui-ci ayant sa main gauche pressant fermement sa joue gauche.

– "Eradan ! Ça va ?" s'inquiète Vivanie.

L'Arpenteur retire sa main gauche. Ses deux cicatrices s'illuminent d'une couleur verte claire lumineuse en clignotant.

– "Ça va aller, Vivanie…" tente de rassurer Eradan.

Ses cicatrices cessent d'émettre cette lumière clignotante.

Alina utilise un de ses pouvoirs de l'Aether sur la joue gauche de l'Arpenteur pour qu'il se sente mieux.

– "Je n'aime pas ça… mais allons-y…" dit Eradan aux autres.

Le groupe emprunte les escaliers qui mènent sous terre.

- 25 -
Le souterrain des mystères

En descendant les escaliers, le groupe s'enfonce de plus en plus sous terre. Plus il progresse, plus la lumière turquoise claire provenant du fond devient de plus en plus éclairée. Eradan est celui qui ouvre la marche. La largeur des escaliers étant équivalente à celle de deux humains adultes et demi, Vivanie marche à ses côtés à sa droite.

– "Dis, Eradan, tes cicatrices se sont allumées et ont clignoté, tout à l'heure, à la fin du rituel. Et apparemment, tu as eu mal là. Qu'est-ce qui s'est passé ?" lui demande la petite elfe avec un peu d'inquiétude.

– "Il n'y a pas que de l'Aether." lui répond Eradan.

– "Tu veux dire…

– "Oui, le Nether est très présent… je ne saurais pas l'expliquer, mais j'ai comme l'impression qu'il est avec nous depuis le départ. Tu te souviens de mon histoire avec l'ours brun corrompu ? Depuis ce tragique événement, une part de l'énergie du Nether est en moi ici." Il lui montre sa joue gauche, là où il y a ses cicatrices. "Lorsqu'elles clignotent, elles émettent une sorte de signal indiquant que le Nether est présent, et surtout très puissant."

– "Ça veut dire qu'on est sur la bonne voie." conclut Vivanie.

– "Oui, et ça ne me plaît pas…"

Eradan jette un coup d'œil derrière lui. Dans l'ordre de marche, après la petite elfe et lui, il y a Gardli, Alina, Rand puis enfin Farnir. L'Arpenteur s'approche de Vivanie.

– "Dis, ça va ?" lui demande-t-il à voix basse, de manière à ce que seule la petite elfe puisse l'entendre.

– "Ça va." lui répond Vivanie sur le même ton et le même volume. "Mais pourquoi cette question ?"

– "J'ai un pressentiment étrange… tu sais, je n'approuve pas qu'on descende dans ces souterrains, et pourtant, j'ai accepté lorsque Rand me l'a demandé. Mais je t'avoue que je ne me sentais pas bien, que j'avais eu l'impression de ne pas être moi-même. C'est pour ça que je te pose la question. Tu te sentais comment à ce moment-là ?"

– "Je ne sais pas comment le dire… mais en y réfléchissant, j'ai été d'accord avec Rand moi aussi. Et c'est le cas des autres, ils ont approuvé plutôt facilement. Alors oui, c'est notre mission en tant que Vardènes… mais j'ai eu l'impression de lutter contre moi-même à ce moment-là. Comme si on ne pouvait pas refuser. Maintenant, j'ai l'impression que je ne vais pas bien, comme si j'ai fait quelque chose de grave, et que je suis en train de le regretter."

Eradan pose sa main droite sur l'épaule droite de la petite elfe, et l'attire davantage vers lui.

– "Je ne suis pas le seul, je ressens aussi la même chose, et je pense que c'est le cas des autres." lui avoue Eradan. "Soyons prudents."

La descente dans cet escalier s'est faite sur une durée d'environ 40 minutes.

– "On doit être à 2 kilomètres sous terre." constate Eradan.

Le groupe arrive dans une gigantesque salle. Contrairement aux escaliers, ici, le lieu a plutôt l'air artificiel, avec ses dalles grises claires et ses pierres taillées formant les murs. D'ailleurs, parmi elles, certaines émettent une lumière verte turquoise qui éclaire la pièce. Au fond de celle-ci, il y a un enfoncement d'environ 6 mètres de côté, avec au fond une sorte de piédestal sur lequel est posée une tablette en pierre émettant elle aussi une lumière turquoise claire. Le groupe s'avance vers cet enfoncement.

– "Vu comment c'est fait, ça ressemble à un ascenseur qui descend encore plus bas sous terre." remarque Farnir. "Et cette tablette lumineuse, c'est une sorte de terminal de commande pour l'activer, c'est ça ? Par contre, elle n'affiche rien."

Rand s'approche de cette tablette.

– "Peut-être suffit-il juste de poser sa main pour pouvoir l'activer." devine l'historien. "Même si l'antique civilisation ranelthienne était très avancée, les mécanismes restent malgré tout plus simples que ceux de notre époque moderne."

Il fait cela et d'un coup, le sol de cet enfoncement se met légèrement à trembler. Le plafond au-dessus d'eux s'éloigne petit à petit. Ils sont en train de descendre. Rand a vu juste. Il suffit juste de poser sa main sur la tablette pour activer l'ascenseur.

– "Dis, Eradan, on doit s'attendre à des pièges ?" lui demande Farnir, observant très attentivement autour de lui.

– "Ce ne serait pas étonnant s'il y en avait." lui répond l'Arpenteur. "Mais en même temps, ce serait également très stupide d'en mettre, car à part des Ranelthiens, personne n'a l'air d'aller dans ce genre de lieu. Ce serait au final débile de se piéger soi-même dans son lieu de travail. Par contre…"

Quelque chose vient de traverser l'esprit d'Eradan. Mais il n'a pas le temps d'y réfléchir plus longtemps, car l'ascenseur a déjà atteint sa destination.

– "Ça a été plutôt rapide !" s'étonne Farnir, qui regarde au-dessus de lui. "En quelques secondes, on est descendu 2 kilomètres plus bas. Et pourtant, je n'ai pas senti la moindre sensation, un peu comme si l'ascenseur possède une force gravitationnelle pour maintenir notre stabilité."

Lorsque le groupe sort de cet ascenseur, cela les mène à une gigantesque salle s'étendant sur un volume interne d'environ 1 kilomètre de côté. Différentes tables en pierres usées par le temps sont disposées de manière ordonnée.

– "On dirait une salle d'étude, peut-être un laboratoire." constate Vivanie. "Effectivement, ça peut ressembler à un centre de recherches."

Sur ces tables, on peut y trouver différentes tablettes fracassées. Sur celles-ci sont inscrites les traits gravés de manière chaotiquement ordonnée, identiques à ceux de la tablette de Rand.

– "Quels trésors que nous avons là !" s'exclame joyeusement Rand, heureux d'une telle découverte. "J'imagine le nombre de savoirs que nous avons ici à portée de main…"

L'historien s'interrompt brutalement pour courir vers le fond de la salle.

– "OUI !" s'exclame-t-il de nouveau. "JE L'AI TROUVÉ ! ENFIN !"

Les autres le suivent. Ils voient Rand face à une gigantesque statue en pierre, haute d'environ 12 mètres. Bien que celle-ci soit globalement d'une forme humanoïde, son aspect plutôt massif et imposant ressemble à quelqu'un qui est équipé d'un harnois le couvrant de la tête aux pieds.

Rand se retourne.

– "Merci beaucoup ! Sans vous, je n'aurais pas pu mettre la main dessus !" se réjouit l'historien. "Vous imaginez ce qu'il représente, le pouvoir qu'il détient, le…"

– "Cette fois-ci, il va falloir nous donner des explications, monsieur Avelt." le menace Eradan, son buste de côté par rapport à Rand, son bras gauche tendu vers lui, sa main gauche tenant son arc recurve de chasse encore détendu et sur lequel une flèche est déjà chargée, sa main droite près de son visage.

- 26 -
La révélation

– "Eradan !" s'étonne la petite elfe. "Que fais-tu ?"

– "Il nous mène en bateau depuis le début, Vivanie." lui explique l'Arpenteur. "Il savait déjà ce qu'il cherchait. Il ne savait pas où ni comment, mais quoi. Le vol de la tablette ranelthienne, la requête auprès des Vardènes, le fait qu'il voulait un Arpenteur… Tout cela le mène à son objectif final. Et il a réussi !"

– "Je ne peux finalement pas échapper à la légendaire perspicacité des Arpenteurs." admet Rand. "Vous imaginez le pouvoir de ce géant ? Tout le savoir et la puissance de l'antique civilisation ranelthienne que nous avons ici dans nos mains ? Après tout, c'est l'histoire de votre peuple. N'êtes-vous pas réjoui de voir cela ?"

– "Je suis désolé, monsieur Avelt, mais je ne peux pas accepter de voir de nouveau le monde ravagé par ce que mon peuple a créé. J'ai déjà vu ce drame de mes propres yeux, je ne veux pas revivre ça de nouveau. Je ne peux pas vous laisser vous accaparer de ce savoir et de cette puissance."

– "Et que feriez-vous ? Me tirer…"

Rand n'a pas le temps de finir sa phrase qu'Eradan a très vivement tiré de son arc, déterminé à l'arrêter. Une distance d'environ 15 mètres les sépare. Le trajet du tir dure moins d'1 seconde… mais il n'aboutit pas !

Cela étonne tout le monde. La flèche est soudainement stoppée en l'air à environ 10 centimètres de Rand, qui a montré sa paume droite pour arrêter celle-ci. Eradan tire de nouveau, mais là encore, la flèche est stoppée. Et encore un tir ! Et encore un ! Et encore un ! Tous finissent de la même manière.

– "Je m'en doutais !" conclut Eradan. "Il y avait quelque chose de pas clair, mais maintenant, ça se confirme. Vous savez utiliser l'Aether, monsieur Avelt. Je me disais que ce n'était pas normal que vous puissiez activer l'ascenseur, à moins bien sûr de savoir utiliser l'Aether, étant donné que l'antique technologie de mon peuple est basée sur ça."

– "Je viens de capter !" intervient Alina. "Cette sensation de regrets qu'on a eu après avoir accepté d'aider Rand… c'est une capacité de l'Aether ! Il l'a utilisé sur nous pour nous suggérer de l'aider, alors que nous n'étions au fond de nous-même pas trop de cet avis !"

– "Mais oui !" ajoute à son tour Farnir. "C'est comme ça qu'il a réussi à nous berner pour pouvoir piller une de nos planques ! Mais il faut quand même un sacré haut niveau de l'Aether pour surpasser un système de sécurité aussi élevé que celui des Ombreliers."

– "C'est exact, monsieur Danelv." lui confirme Rand, qui est soudainement entouré d'une aura violette très foncée à l'aspect d'une flamme. "Ça n'a pas été facile d'inciter les Ombreliers d'élite de me laisser librement circuler jusqu'à une de leurs planques. Mais j'y suis arrivé."

L'aura entourant l'historien devient de plus en plus intense en émettant une lueur de plus en plus forte. Ses yeux s'illuminent d'une couleur violette claire.

– "Au fait, monsieur Tardarion, je vous rends vos flèches !"

D'un geste de son index droit, Rand renvoie par télékinésie les cinq flèches qu'il avait stoppées sur l'Arpenteur, leurs trajectoires aussi rapides que lorsque celui-ci avait tiré à l'arc. Vif et instinctif, Eradan se penche sur sa droite et dans le même geste, du revers de son bras gauche, il dégage ces cinq flèches avec son arc. Il s'en est fallu de peu pour qu'il se les prenne.

– "Je ressens quelque chose de bizarre… comme quelque chose de malfaisant…" tremble Vivanie.

– "Moi aussi…" tremble à son tour Alina. "On dirait…"

– "Le Nether…" tremble également Eradan. "Le Nether que j'ai ressenti… Il ne venait pas de ce lieu… Il venait de vous, monsieur Avelt !"

– "C'est exact !" confirme Rand. "Et voici un avant-goût de ce que je peux vous montrer avec le Nether !"

L'historien lève son avant-bras gauche en un geste.

– "AAAAAAAAAAAARRRRGGGHHHH !"

Eradan, Vivanie, Gardli, Alina et Farnir hurlent de douleur. Ils tombent tous genoux à terre, leurs mains sur leurs crânes, y ressentant une douleur immense. À chaque seconde, celle-ci s'amplifie à un tel point qu'ils sont maintenant à terre.

– "NON !" hurle Eradan.

L'Arpenteur est soudainement frappé d'une vision. Il voit à des kilomètres au loin une immense explosion à l'aspect d'un champignon remplie d'une fumée très sombre, et qui s'étend sur des milliers d'hommes et de femmes au sein d'un champ de bataille. Cette explosion s'étend ensuite à des forêts, puis à des communes, réduisant tout en cendres sur son passage. Eradan est projeté en arrière par le souffle de cette explosion, puis la vision s'arrête soudainement. Il revient à lui.

– "NOON !" hurle-t-il encore. "JE NE VEUX PAS REVIVRE ÇA ! NOONNNN !!!"

Une aura verte lumineuse entoure Eradan. Ses yeux s'illuminent de la même couleur, ainsi que ses cicatrices qui clignotent. L'Arpenteur se relève, rempli d'un pouvoir de l'Aether qui lui permet d'endurer la douleur qu'il est en train de subir dans son crâne. Prenant son arc de sa main droite, il s'approche de Rand puis d'un coup de revers de son bras droit, il le frappe violemment sur sa joue droite avec son arc. Il enchaîne immédiatement avec un crochet de son poing gauche, puis ensuite avec un coup de poing droit, et enfin avec un coup de pied droit qui projette l'historien 5 mètres en arrière, le mettant ainsi à terre.

La douleur au crâne que les autres et lui subissent s'estompe progressivement.

– "Ça va, vous autres ?" demande Alina.

– "Je pense qu'on a vu mieux, mais on tient le coup." lui répond Farnir.

Vivanie, Gardli, la jeune prêtresse et l'Ombrelier se relève tout doucement. Légèrement tremblant, ils tiennent malgré tout une posture de combat, prêts à affronter Rand.

Celui-ci se relève également, puis lévite en l'air à environ 10 mètres de haut. Alina envoie ses javelines dorées lumineuses sur Rand, mais à chaque impact, une bulle obscure entoure celui-ci pour stopper ces projectiles. Il en est de même pour Vivanie qui envoie ses sphères d'énergie bleue à tête chercheuse. L'historien tend ses deux bras devant lui vers le bas, ciblant Eradan et les autres.

– "ATTENTION !" hurle Farnir aux autres.

Des mains de Rand, un cône rempli d'éclairs électriques violets foncés apparaît. Les autres fuient pour éviter ce pouvoir du Nether très destructeur qui éclate tout ce qu'il touche. Eradan et les autres réussissent à éviter celui-ci de justesse en se couvrant derrière les tables en pierre. Une fois ce pouvoir effectué, Rand s'éloigne en lévitant pour s'approcher de la statue géante en pierre. Tendant ses deux bras devant celui-ci, il prononce une formule dans une langue inconnue d'Eradan et des autres.

Soudain, cette statue se réduit en poussière, telle une glace qui fond à toute vitesse, pour finalement révéler une armure gigantesque d'allure identique à celle-ci de couleur bleu marine métallisée. Le heaume et le plastron s'ouvrent, révélant une cabine de pilotage. Rand y entre pour s'y installer. Autour de celle-ci, des tuyaux transparents sortent. Ceux-ci se terminent en pointes et d'un coup, ils se plantent sur les bras et le dos de l'historien.

– "UUAAAARRGGHHH !!!!" hurle de douleur Rand.

De la fumée noire et un liquide rouge sortent de lui dans ces tuyaux transparents.

– "Ce ne serait pas… son sang ?" s'étonne Gardli. "Ce géant d'acier est en train de lui aspirer son sang ?"

Sentant cette douleur, Rand agite ses bras et lorsqu'il le fait, ceux de l'armure géante s'agitent également avec exactement les mêmes mouvements. Il en est de même pour ses jambes. L'historien ne fait plus qu'un avec le géant d'acier. Arrêtant de hurler, ne sentant plus de douleur, il sourit.

– "Toute cette puissance… tout ce savoir de l'antique civilisation ranelthienne… Je vais pouvoir modeler les Terres d'Anordor à l'idéal parfait que les Ranelthiens ont voulu."

Rand regarde Eradan et les autres, la posture menaçante, son bras gauche tendu et sa main gauche ouverte. Le heaume et le plastron se referment. Les yeux du géant d'acier s'illuminent d'une lueur violette.

– "Soyez les premiers à découvrir toute l'étendue du grand pouvoir de la civilisation ranelthienne !" annonce l'historien avec une voix à la sonorité robotique et au volume élevé résonnant.

- 27 -
Le géant d'acier

De la main gauche de l'armure géante bleu marine métallisée, une sphère de couleur violette foncée s'illumine.

– "FUYONS !" ordonne Eradan aux autres.

L'Arpenteur et les autres se précipitent vers l'ascenseur, usant de toute leur vigueur pour pouvoir l'atteindre.

BAAOOOOMM !!!!

À peine qu'ils sont dans l'ascenseur, que le souffle de cette puissante explosion qui vient de se faire entendre les projette contre les parois. Tous réussissent à se réceptionner de manière à ce que les chocs soient les moins violents possibles. Tout de suite après, Alina ne perd pas une seule seconde pour activer l'ascenseur. Comme pour la descente, cela ne leur prend que 8 secondes environ.

Eradan et les autres se précipitent une nouvelle fois pour monter les escaliers souterrains menant à la surface. L'environnement se met à trembler. Le plafond se met à craquer, faisant tomber plusieurs rochers. Certains sont passés pas loin de nos héros. Vivanie envoie des tirs d'énergie de l'Aether afin d'en détruire certains.

Une fois sortis de ce souterrain, vers 14h50, ils rejoignent très rapidement leurs voitures. Soudain, un rayon d'énergie violet foncé lumineux sort du sol, faisant craquer celui-ci, là où se trouvait l'entrée du souterrain. Toutes les personnes qui se trouvaient dans les ruines du site de Ventoval ont eu le bon réflexe de fuir. Et ils ont bien fait, car une explosion de cette même couleur violette s'étend sur ces ruines. Une silhouette immense et imposante s'envol dans les airs et atterrit ensuite, écrasant le sol de ses pieds. C'est le géant d'acier piloté par Rand. Eradan et les autres sont déjà dans leurs voitures pour s'éloigner de ce dernier.

– "Vivanie, appelle Gardli et Farnir !" lui dit Eradan. "Mets le haut parleur !"

La petite elfe s'exécute. Ils ont roulé à 120 kilomètres/heure, parcourant ainsi une dizaine de kilomètres en 4 minutes.

– "Vous m'entendez ?" demande Eradan.

– "Cinq sur cinq !" répond Gardli.

– "De même !" répond à son tour Farnir, au volant de sa voiture et seul dans celle-ci.

– "Arrêtez-vous près de moi." leur suggère l'Arpenteur, qui gare sa voiture sur le côté en-dehors de la route.

Alina et Farnir se garent près de lui. Tous sortent de leurs voitures. Au loin, ils voient le géant d'acier s'approcher d'eux.

– "Bon, je crois qu'on n'a pas le choix. Il va falloir qu'on arrête Rand." leur dit Eradan.

– "Comment veux-tu qu'on s'y prennent ?" lui demande Gardli. "Les pouvoirs de l'Aether d'Alina, et même ceux de Vivanie, n'ont pu arrêter Rand. Alors j'imagine pas ce géant…"

– "C'est vrai…" Eradan marque une pause pour observer le géant au loin qui commence à s'approcher. "… mais même si Rand est maintenant devenu très puissant, il n'est pas non plus sans faiblesse. Après tout, c'est comme s'il portait une armure, et dans toute armure, il y a des zones non protégées."

– "D'accord, je te suis." lui dit Farnir. "Le mieux, c'est de le frapper sournoisement par derrière, à l'arrière de ses pieds et de ses genoux. Mais il va falloir une diversion."

– "C'est là qu'on intervient, Vivanie et moi." continue Eradan. "Nous sommes les mieux placés pour garder Rand à distance. On va attirer son attention sur nous. Quant à vous trois, vous vous faites oublier à ses yeux pour le frapper là où Farnir suggère."

– "Je suis d'accord avec ce plan." approuve Alina. "Mais pour ça, on va tous avoir besoin de ça."

La jeune prêtresse sort son smartphone, puis ouvre l'application pour tracer un rituel de l'Aether. Après environ 1 minute 30 de traçage, une aura blanche lumineuse entoure nos cinq amis, puis disparaît d'un coup.

– "C'est une protection divine." leur explique Alina. "Ça va nous permettre d'atténuer les dégâts subis. Certes, ça ne va pas nous immuniser totalement, ni même durer éternellement, mais ça sera toujours utile contre Rand."

– "Merci beaucoup, Alina." la remercie Vivanie.

– "Allez-y !" dit enfin Eradan à Gardli, Alina et Farnir. "Je compte sur vous, j'ai foi en vous."

Ceux-ci prennent leurs voitures puis s'éloignent. L'Arpenteur et la petite elfe sont maintenant seuls, voyant Rand s'approcher. Même si le plan est bon, cela ne les empêche pas d'être stressés. Après tout, il font face à un géant doté d'une puissance gigantesque.

– "Vivanie…"

– "Oui ?"

Soudain, Eradan pose ses mains sur les fesses de la petite elfe sous sa mini-jupe. L'attirant très fortement contre lui tout en la levant et en se baissant lui-même, la pressant vraiment dans ses bras, il se met à l'embrasser très passionnément, vraiment à un point qu'il utilise sa langue se frotter contre sa langue. Cela surprend Vivanie sur le coup, mais elle se laisse faire, car elle apprécie énormément cette initiative de l'Arpenteur. Leurs langues dansent l'une contre l'autre, les faisant avaler leurs salives qui se mélangent. Elle pose ses bras autour du cou de l'homme, continuant ce baiser de plus en plus passionnément, leurs corps se frottant l'un contre l'autre. Ce moment rempli d'émotions amoureuses dure près de 5 minutes sans interruption.

Après ce baiser, ils se regardent.

– "Vivanie… Si jamais on s'en sort tous les deux… Est-ce que ça te dit que toi et moi, on s…"

– "OUI !" la coupe la petite elfe très joyeusement, car elle a parfaitement compris ce que lui demande Eradan. "OUI ! OUI ! OUI ! OUI ! BIEN SÛR QUE ÇA ME DIT !"

L'Arpenteur lui sourit, Vivanie en fait également de même, leurs yeux se regardant très profondément. Un bruit de pas écrasant le sol les interrompt. Rand dans son armure géante se trouve désormais à environ 40 mètres d'eux.

– "Allons-y, Vivanie ! Montrons-lui tout ce qu'on sait faire !"

Eradan dégaine trois flèches de son carquois. Les posant sur son front, il ferme les yeux pendant 3 secondes. Les pointes de ces trois flèches s'illuminent d'une énergie lumineuse orange. Puis très rapidement, il tire successivement ses trois flèches sur les yeux du géant. Malgré le stress de la situation, ses gestes sont parfaitement exécutés, aboutissant ainsi à des tirs qui font mouche. À chaque impact, cela génère une explosion de feu. Le géant est gêné dans ses mouvements, comme quelqu'un à qui on a frappé dans l'œil, couvrant ses yeux et faisant un pas en arrière. L'Arpenteur continue ces tirs explosifs au même endroit.

De son côté, Vivanie envoie un rayon composé d'énergie glaciale sur les pieds du géant afin de stopper sa progression, ou au moins, de le ralentir. Très concentrée à utiliser ce pouvoir de l'Aether, elle y met davantage de puissance. Cela réussit, puisque le géant a des difficultés pour pouvoir avancer.

Agacé par les attaques de l'Arpenteur et de la petite elfe, il tend ses deux bras en avant. Son pouvoir du Nether consistant à envoyer son cône composé d'éclairs électriques violets foncés se manifeste des mains ouvertes du géant.

– "RECULONS !" hurle Eradan, qui prend la main gauche de Vivanie pour l'entraîner dans sa fuite.

Malgré leur précipitation dans leur fuite, ils sont tous les deux dans la zone d'effet de ce cône électrique. Une sphère blanche lumineuse entoure chacun d'eux, leur permettant ainsi d'être protégés de cet effet électrique et de ne subir aucune douleur, voire même de ne pas mourir sur le coup. Mais l'intensité de cette lumière diminue. Cela signifie qu'il s'épuise, et donc, qu'il faut vite sortir de cette zone d'effet !

– "Je vais tenter un truc !" intervient Vivanie.

Dans leur course pour sortir de cet effet électrique, la petite elfe tend son bras droit derrière elle vers le sol, sa main droite ouverte. D'un coup, elle envoie une boule de feu. À l'impact au sol, à environ 12 mètres d'eux, l'explosion qui en résulte génère un souffle qui les envoie au loin, pour finalement les mettre hors de portée de cette zone d'effet. Projetés en l'air par ce souffle, ils réussissent tant bien que mal à se réceptionner sur le sol. Le pouvoir d'Alina les a protégés des dégâts dûs à la chute, et juste après cela, celui-ci se dissipe finalement. Ils n'ont plus de protection divine.

– "Vivanie ! Je crois avoir une idée, mais je vais avoir besoin de 10 minutes, ou même 5. Tu as un pouvoir ou un rituel de l'Aether qui peut m'en donner ?"

– "Je dois avoir ce qu'il faut, mais ça va me prendre 30 secondes, si je fais vite."

Toujours dans leur course pour gagner de la distance entre le géant et eux, Vivanie sort son smartphone de sa main droite. Elle trace un signe complexe dans l'application dédiée aux rituels de l'Aether. Le stress montant de plus en plus, elle réussit néanmoins à être précise. Une fois ce tracé achevé, elle tend son bras gauche en arrière, main gauche bien ouverte. Juste derrière eux, le sol se met à craquer, puis d'un coup, un dôme en pierres surgit ! Haut de 6 mètres, épais de 2 mètres, ce dôme de 12 mètres de diamètre couvre Eradan et Vivanie pour les protéger du géant.

– "Merci beaucoup, Vivanie."

- 28 -
Le coup final

Eradan et Vivanie sont à l'intérieur du dôme de pierre invoqué par cette dernière. De violents chocs s'exécutent successivement sur ce dôme, provoquant de légers tremblements de terre à l'intérieur. La petite elfe lève ses deux bras en l'air pour maintenir la solidité de ce qu'elle a invoqué.

De son côté, l'Arpenteur sort de sa sacoche une corde en nylon enroulé dans un moulinet, similaire à ce que l'on peut trouver dans une canne à pêche. Il assemble celui-ci sur son arc recurve de chasse, puis sort une flèche de son carquois. Dévissant la pointe de celle-ci, il la remplace par une autre pointe d'allure différente possédant six crochets. Une pointe grappin. Sur celle-ci, il attache la corde en nylon.

– "Quel est ton plan, Eradan ?" lui demande Vivanie, toujours ses bras levés et utilisant davantage d'efforts physiques pour faire face aux chocs.

– "Toute machine a un cœur. Si je peux percuter ce cœur…"

– "Tu pourras mettre fin au fonctionnement du géant, c'est ça ?"

– "Oui, et ce sera encore plus facile lorsque les autres frapperont ce géant par derrière. J'ai foi en eux."

– "Moi aussi."

****

Alina (avec Gardli en passager) et Farnir s'arrêtent à environ 600 mètres derrière le géant d'acier. Tous sortent de leurs voitures.

– "Rand est en train de frapper un dôme de pierre avec les poings du géant." constate Gardli. "Pourquoi il se fatigue à frapper avec ses poings, vu la puissance qu'il possède ?"

– "Peut-être qu'il a besoin de temps pour se recharger en énergie pour déployer sa toute puissance." devine Farnir.

– "Alors c'est le moment de frapper !" s'exclame le nain, tenant fermement sa hache de ses deux mains.

– "Attendez !" les interrompt Alina. "Déposez vos armes au sol, elles vont avoir besoin de soutien divin."

La jeune prêtresse jette sa naginata au sol, puis Farnir et Gardli en font de même avec leurs armes. Elle sort ensuite son smartphone pour tracer un rituel. Ce traçage dure 1 minute 30. Puis, tendant son bras gauche vers ces armes, une lumière jaune lumineuse entoure Alina, et d'elle, un rayon se dirige vers eux. Lorsque Gardli ramasse sa hache entouré d'une aura de cette lumière jaune, il ressent comme un sursaut de puissance. Il en est de même pour Farnir lorsqu'il récupère son épée de côté et ses dagues de jet.

– "On fera plus de mal au géant avec ça." leur dit Alina, sa naginata en mains.

– "Allons-y !" encourage Gardli aux autres.

Alina, Farnir et Gardli courent vers le géant d'acier.

****

Eradan dégaine son épée longue, puis la plante dans le sol. Il sort ensuite son smartphone.

– "Et dire qu'Aguelost fait ça en quelques secondes !" se dit l'Arpenteur.

– "Aguelost ?" lui demande Vivanie.

– "Un ami Arpenteur, et un expert en rituels. Pour moi, ça va me prendre 3 minutes si je fais vite."

Eradan effectue un tracé sur son smartphone. Une aura de lumière orange l'entoure pendant qu'il fait cette action. Au bout de 3 minutes 48, un rayon de cette couleur part de lui vers son épée longue. La lame de son arme s'illumine de cette aura.

– "AAAAAAAHHHHH !!!!!" hurle Vivanie qui tombe à terre.

Soudain, le dôme de pierre éclate en plusieurs morceaux. Heureusement qu'Eradan et Vivanie ne subissent pas les chutes de ces derniers, qui auraient pu leur être mortels. Mais malheureusement pour eux, ils sont face au géant d'acier, sans aucune protection maintenant face à lui. Ce dernier tend sa main droite ouverte vers eux. Un globe lumineux violet obscur en sort.

****

Alina, Farnir et Gardli sont maintenant à environ 8 mètres derrière le géant d'acier. Ils viennent de voir celui-ci éclater le dôme de pierre de Vivanie avec ses poings, puis ensuite tendre son bras droit vers eux.

– "C'est le moment !" dit Gardli aux autres, pour ensuite se précipiter vers les pieds du géant d'acier, suivi des deux autres.

D'un violent coup de hache oblique du haut de sa droite vers le bas de sa gauche, le nain frappe au-dessus du talon gauche du géant d'acier, là où son armure ne le protège pas. Ce coup est tellement puissant qu'il détruit complètement son articulation, et avec la puissance divine apportée par le rituel d'Alina, il en vient même à entailler là où se trouve les plaques d'armures.

Alina en fait de même avec sa naginata. Sa frappe est telle une danse élégante, tournoyant son arme pour finir par un coup final du haut de sa gauche vers le bas de sa droite au-dessus du talon droit du géant, la lame sectionnant quasiment le pied droit de sa jambe droite.

Quant à Farnir, il envoie de ses deux mains ses dagues de jet se planter derrière les genoux du géant d'acier, où là encore, son armure ne le protège pas. L'ensemble de ces attaques combinées fait tituber ce dernier. L'Ombrelier en profite pour courir vers Gardli.

– "Je vais avoir besoin de ton dos !" lui dit le jeune homme.

– "Quoi ?" s'étonne le nain.

Farnir effectue un saut acrobatique pour atterrir sur le dos de Gardli, lui permettant ensuite de s'envoler davantage dans les airs. Dégainant son épée de côté, et tournoyant sur lui-même dans cette acrobatie, il sectionne l'arrière du genou gauche du géant.

Au moment où celui-ci tombe à genoux vers le sol, Alina agit afin de faire un coup du bas de sa gauche vers le haut de sa droite avec sa naginata, pour frapper de sa lame l'arrière du genou droit du géant. Gardli continue à tailler de sa hache les pieds de celui-ci, ainsi que les mollets.

Le géant d'acier est maintenant à genoux !

****

Eradan et Vivanie voient soudainement l'action du géant d'acier être brutalement interrompue, pour finalement être genoux à terre.

Voilà l'opportunité !

L'Arpenteur tire sur le cou du géant. Une fois sa flèche grappin plantée, il ramasse son épée longue puis d'un coup, il s'élève en l'air. Il fait cela grâce au moulinet sur son arc, lui permettant ainsi d'arriver au niveau du torse du géant protégé par un plastron. Avec son épée longue dont sa lame est entourée d'une aura de lumière orange, il plante son arme dans ce plastron, puis entaille celui-ci afin de faire une section rectangulaire au bas du torse. Grâce au rituel qu'il a effectué sur son épée longue, Eradan n'a aucune difficulté à entailler, il fait cela comme s'il coupait de l'air. Puis d'un coup de son arme, il dégage la section découpée, pour enfin faire face à une sorte de mélange entre un cœur métallique et un moteur de voiture. Des tuyaux transparents y sont connectés, dans lesquels circulent un mélange entre une fumée obscure et un liquide rouge.

Le sang de Rand !

D'un coup, Eradan plante son épée longue dans ce moteur. Soudain, des parties du géant d'acier se mettent à exploser, là où se trouvent les articulations de ses membres. Son bras gauche se détache et tombe à terre. Puis le heaume et le plastron découpé se mettent à s'ouvrir. Rand est maintenant à l'air libre.

– "UUUUUAAAAARRRRGGHHHH !!!!!" hurle celui-ci, qui semble ressentir la douleur que ressent le géant d'acier.

Activant son moulinet, Eradan s'élève pour être au niveau de l'historien.

– "Rand !" l'appelle l'Arpenteur, qui lui tend sa main droite. "Prenez ma main ! Sauvons nous d'ici !"

– "Non !" lui répond celui-ci. "C'est trop tard pour moi, mais pas pour vous !"

– "Ne dites pas n'importe quoi !"

– "J'assume les conséquences de mes actes…" Rand se met à tousser. "… de ma passion pour la puissance de l'antique…" Il tousse. "… civilisation ranelthienne…" Il tousse. "… Eradan…"

Les sentiments que ressent l'Arpenteur sont étranges. Certes, Rand ne récolte que ce qu'il a semé… Mais le laisser mourir, il ne peut pas concevoir cela. Ce n'est pas vraiment de la pitié, mais selon lui, l'historien a des comptes à rendre. Cela, il ne peut le faire que vivant.

– "… vous cherchez quand même…" Rand tousse. "…à me sauver…"

– "Je ne suis pas un tueur sans émotions… ça fait des années que je ne le suis plus… Prenez ma main, Rand !"

L'historien prend Eradan par le col de sa tunique pour l'approcher de lui.

– "Écoutez-moi, Eradan… C'est fini pour moi… mais les membres de mon organisation… ils planifient depuis des années… pour agir sur les Terres d'Anordor… et pas vraiment pour le Bien… soyez prudents… vous tous…"

– "Qu'est-ce que vous racontez ?"

– "… considérez cette information… comme mon dernier cadeau… adieu, Arpenteur…"

De ses deux bras, l'historien pousse Eradan et avec un effet du Nether, ce dernier est projeté au loin. Du sol, Vivanie le voit chuter de très haut. La petite elfe lève ses deux bras en l'air dans sa direction, puis les fait tournoyer. D'elle, une tornade se manifeste, permettant de ralentir ainsi la chute d'Eradan.

– "Merci beaucoup, Vivanie."

– "UUUUAAAAARRRGGGHHH !!!!" hurle Rand.

Une puissante explosion s'échappe du torse du géant d'acier. Emportant l'historien dans sa zone d'effet, il finit par tomber complètement à terre.

Il est enfin vaincu !

- 29 -
Une victoire incomplète

Le combat a été difficile, mais ils l'ont fait. Eradan, Vivanie, Gardli, Alina et Farnir ont vaincu Rand dans ce géant d'acier, tels des héros légendaires ayant vaincu un puissant dragon. L'Arpenteur s'approche de la cabine de pilotage. Il y voit un corps complètement carbonisé. Pas de doute, c'est celui de Rand !

– "Ne me dit pas que c'est…" lui demande Vivanie, horrifiée en regardant le corps.

– "Malheureusement si…" lui confirme Eradan.

Tous s'accordent un moment de silence pour la mort de Rand, même si ce dernier a tenté de les éliminer en voulant tester la puissance du géant d'acier. Mais cela ne dure à peine qu'1 minute 25, car trois voitures se garent près d'eux. Il s'agit des Eldeon modèle Polypass (les mêmes que celle d'Alina), mais de couleur bleu claire et avec dessus l'emblème des Vardènes. Eradan et les autres connaissent celles et ceux qui sortent de ces trois véhicules. Il s'agit des Vardènes de Ventoval qui les ont secourus lors de la bataille d'Aeln Far.

Joril Elandel, équipé de son armure argentée et étincelante, s'approche d'Eradan.

– "Votre mission est mouvementée, à ce que je vois." commence celui-ci. "D'abord une bataille contre la Serre Sanglante dans les ruines d'Aeln Far, et maintenant une sorte de robot géant."

Il observe plus attentivement autour de lui, puis ensuite le groupe d'Eradan.

– "Il ne manque pas quelqu'un ?" leur demande Joril.

– "Le professeur Rand Avelt ? Malheureusement…" L'Arpenteur lui montre le cadavre carbonisé de l'historien.

Le groupe de Joril s'approche du géant d'acier. En voyant ce qu'il reste de Rand, Élora Filargent, la rappeuse halfeline, se met à l'écart pour vomir, ainsi que deux autres Vardènes Ventovaliens. Lin Xiyue, la doctoresse guérisseuse, les rejoint pour les apaiser.

– "C'est une sacrée mission que vous avez achevée !" constate Lucinda Lecour, la boxeuse du style Charles Edmont. "Vaincre un robot géant, c'est un sacré exploit. J'aurai bien aimé en être."

– "Nous non." lui confirme Farnir. "On s'en serait bien passé."

– "Mais il fallait mettre fin à cette menace." ajoute Alina. "Je préfère ne pas imaginer les dégâts que Rand aurait pu causer."

– "On doit en parler à Ayra." suggère Gardli. "Et voir où en est le statut de notre mission, qui est, à la base, de protéger Rand pendant ses recherches."

Le groupe d'Eradan regarde de nouveau le corps carbonisé de l'historien.

– "Retournons à Ventoval pour en discuter dans la Guilde." suggère Joril.

Eradan et son groupe rejoignent leurs voitures pour suivre l'elfe aux longs cheveux noirs. Certains Vardènes restent sur les lieux pour faire le ménage.

Il est maintenant 16h46. Tous sont maintenant à l'antenne de la Guilde des Vardènes à Ventoval, dans une salle de conférence. Sur l'écran mural, on peut voir sur l'application de visioconférence un écran affichant le portrait d'Ayra. Eradan, Vivanie, Gardli, Alina et Farnir lui racontent tout ce qui s'est passé depuis leur dernière conversation, après que l'Ombrelier ait attaqué Rand puis ensuite rejoint le groupe. Tout est révélé à la jeune réceptionniste : la bataille d'Aeln Far contre la Serre Sanglante, le fait que Rand est leur objectif, que cette armée a été largement financé par un mystérieux donateur, l'exploration dans les souterrains des ruines d'Irelnordë, et surtout, la révélation de l'historien et leur combat contre le géant d'acier.

– "C'est… inattendue, comme tournure de mission." constate Ayra. "Et vous avez réussi à vous cinq à vaincre une sorte de robot géant surpuissant… bravo, c'est exceptionnel. Surtout pour toi, pour ta première mission en tant que Vardène, Vivanie."

– "Alors, Ayra, finalement, nous avons réussi notre mission, ou pas ?" lui demande Alina.

– "C'est vrai que l'objectif initial de protéger Rand pendant ses recherches n'a pas été totalement accompli… mais au vu de la tournure inattendue de la situation que vous tous m'avez racontée… je ne peux pas dire que c'est un échec. Après tout, qui aurait pu prévoir les intentions initiales de monsieur Avelt ?"

Il y a un léger silence d'environ une vingtaine de secondes. Dans l'assistance, Eradan est celui qui a l'air de réfléchir davantage à cette fin de mission.

– "Y'a-t-il quelque chose que tu veux ajouter, Eradan ?" lui demande Ayra qui a remarqué son expression soucieuse.

– "Oui, je n'en ai pas encore parlé… mais juste avant de mourir, Rand m'a révélé qu'il n'est pas seul, qu'il fait partie d'un groupe d'individus ayant des objectifs pas très nobles pour les Terres d'Anordor. Il a déclaré m'avoir fait ce cadeau juste avant d'y passer. Est-ce pour se racheter ? Je n'en sais rien."

– "Un groupe d'individus ?" s'étonne Gardli. "Des historiens ?"

– "Mais oui !" intervient d'un coup Vivanie. "Eradan ! Tu te rappelles quand toi, Rand et moi étions dans l'Aire de la Colline Dentée ?"

– "Oui, Vivanie, j'ai même proposé d'offrir à boire à Rand et à toi, et… Mais oui ! Tu as vu juste !"

– "De quoi parlez-vous ?" demande Alina.

– "Avant de vous rejoindre au barbecue dans les ruines d'Aeln Far, on s'était arrêté dans l'Aire de la Colline Dentée." explique Vivanie. "Mais Rand a préféré se mettre à l'écart car il avait une réunion en visio avec des soi-disants collègues historiens."

– "Et c'était le cas ?" demande Farnir.

– "Difficile de le savoir, surtout qu'aucun des participants à cette réunion en visio n'a affiché sa webcam. J'ai examiné discrètement l'écran de sa tablette lorsque Vivanie et moi l'avons rejoint."

– "Donc, pour résumer…" intervient Joril. "On a un historien ayant un très haut niveau pour utiliser l'Aether, et surtout le Nether. Son but est de retrouver de puissantes armes au sein de ses recherches sur l'ancienne civilisation ranelthienne. Et potentiellement, il n'est pas seul et son groupe qui sort de nulle part prépare quelque chose… Ça fait beaucoup, si on ajoute à tout cela la Serre Sanglante et le mystérieux 'Monsieur B'."

Ayra fini de discuter avec trois jeunes adolescentes qui sortent du champ de sa webcam. Certainement des jeunes en stage de formation au sein de la Guilde à Blanchesol.

– "Dans tous les cas, Eradan, Vivanie, Gardli et Alina, votre mission est achevée." conclut la jeune réceptionniste. "Vous avez votre journée de demain, vous l'avez largement mérité. Je m'arrangerai pour la rémunération de la réussite de votre mission, étant donné que malgré ce que vous m'avez raconté, c'en est bien une. Quant à toi, Farnir, j'en toucherai un mot à la Guilde des Ombreliers."

– "De notre côté à Ventoval, nous allons davantage enquêter sur la Serre Sanglante et sur ce 'Monsieur B'." ajoute Joril. "Barnit et d'autres Vardènes vont s'y consacrer toute la journée de demain. Après-demain, à 10h, j'aimerai tous vous inviter à une réunion en visio pour vous faire l'état de notre enquête. Je pense qu'en un jour, nous aurons déjà récolté de précieux indices."

La réunion s'achève. Tous quittent la salle, puis ensuite l'antenne de la Guilde à Ventoval.

– "Avant de rentrer chacun chez soi, ça vous dit d'aller dans un bar à bières ?" propose Eradan.

Tous approuvent.

- Entracte -
Ce soir ne meurt jamais

21h15. Ventoval. Musée Ventovalien d'Art Moderne.

Une voiture grise métallisée arrive devant ce lieu. D'un style très sportif, il s'agit d'une Arsène Martel, modèle B6D. Cette marque, et encore davantage ce modèle, est du luxe de très haut de gamme qui ferait rêver tout amateur de voitures. De la portière gauche, un très bel homme humain d'une quarantaine d'années en sort. Haut d'1,78 mètres, ses cheveux blonds sont très courts et bien coiffés. Ses yeux sont d'un bleu très perçant. Il porte un costume noir très bien ajusté mettant en avant son physique svelte et très athlétique, avec une chemise blanche et un nœud papillon noir. Un jeune homme humain s'approche de lui.

– "Tenez !" lui dit l'homme en costume noir en lui lançant les clés de sa voiture, ainsi qu'une liasse de billets. "C'est pour vous."

Au vu de l'expression du jeune homme, celui-ci se rend compte de l'énorme pourboire qu'il vient de recevoir. Il entre ensuite dans l'Arsène Martel pour la garer dans un parking réservé aux VIP.

Le très bel homme blond entre dans le musée. Il arrive dans un hall immense, où sont aménagées diverses tables présentant d'énormes quantités d'amuse-gueules de haute gastronomie. Il y a beaucoup de monde, tous très bien habillés, certains marquant leur appartenance à la haute société.

– "Ah ! Bienvenue, monsieur…" intervient un homme nain âgé avec des lunettes, en costume blanc ressemblant à une tenue d'officier militaire.

– "Dumont. Daniel Dumont." se présente le très bel homme blond.

– "Ah ! Oui ! Monsieur Dumont !" s'exclame le vieil homme nain. "Vous êtes ici au vernissage pour l'acquisition des plus grandes toiles ventovaliennes ?"

– "C'est exact. Mais je meurs de soif, après toute la route que j'ai parcourue. Voulez-vous m'indiquer le bar ?"

– "Par ici."

Le nain âgé emmène Daniel Dumont au bar. Derrière celui-ci, une jolie jeune femme elfe blonde s'occupe de verser des pétillants dans des flûtes disposées sur un plateau d'argent, qu'un serveur vient ensuite récupérer.

– "Bonsoir." le salue cette jeune femme blonde. "Vous désirez ?"

– "Un Roberti vodka, mademoiselle." lui sourit Daniel avec un regard très charmeur. "Avec du citron et de l'olive verte. Dans une coupe de 25 centilitres, s'il-vous-plaît."

– "Je vous fait ça tout de suite."

Cela ne lui prend pas plus de 2 minutes pour lui préparer cet apéritif. Elle le lui sert, avec un petit bol contenant des cacahuètes. Daniel lui sourit, la jeune femme blonde le lui renvoit, avant de retourner vers d'autres clients. L'homme blond déguste son apéritif, exprimant une sorte de jouissance à chaque gorgée.

– "Daniel Dumont…" appelle une voix de jeune femme.

Celui-ci se tourne, et voit arriver une très belle jeune femme. Haute d'1,68 mètres, celle-ci a l'air d'avoir entre 18 et 21 ans, et a de long cheveux bruns foncés avec des yeux de la même couleur. Sa robe noire moulante met très bien en avant son corps très sexy et très bien proportionné. Le vêtement qu'elle porte dévoile un décolleté très ouvert sur sa poitrine, révélant à tous ceux qui la regardent une très grosse partie dénudée de ses seins. Quant à son dos, la nudité de celui-ci est très largement visible. Elle ne passe vraiment pas inaperçue de par sa beauté et de par sa longue robe noire très fendue.

– "Ah ! Anna ! Te voilà !" lui sourit Daniel, qui voit cette jolie jeune femme brune s'approcher de lui.

– "Tu aurais pu faire un effort sur ton identité. Tu as déjà fait mieux. Daniel Dumont…"

Anna s'assoit sur un tabouret à côté du sien.

– "Mademoiselle Pedretti." s'approche un serveur humain qui lui tend une coupe de pétillant. "Notre Crémant de Ventoval."

– "Merci beaucoup." lui dit la jeune brune, qui prend sa coupe pour ensuite boire une première petite gorgée.

– "Pedretti, hein ?" s'amuse Daniel en se moquant d'elle.

– "Oh ça va ! Tu n'es pas le seul à être en panne d'inspiration quand aux identités. Moi aussi j'ai énormément de missions sur le terrain."

– "En parlant de terrain… qu'en est-il aujourd'hui, ici ?"

La très jolie brune boit une deuxième gorgée de sa coupe de Crémant de Ventoval, appréciant et jouissant de la haute qualité de cet apéritif.

– "D'après mes observations, l'enquête des Vardènes de Ventoval progresse, mais ils n'ont pas encore toutes les informations qu'ils recherchent." explique Anna. "Selon moi, je pense qu'il vont encore se donner un jour pour avancer davantage."

– "Faisons en sorte qu'ils n'avancent plus du tout. C'est ce soir qu'on agira. Tu as le matériel nécessaire ?"

– "Dans ma chambre d'hôtel. J'ai joué de mes… atouts… pour que tous ferment leurs yeux sur mes bagages."

Daniel observe Anna un court instant et lui sourit.

– "J'adore sortir de chez nous pour parcourir les Terres d'Anordor, goûter à tout son patrimoine culinaire, puis faire de nombreuses charmantes rencontres." sourit l'homme blond. "Je sens qu'on va passer une très bonne soirée, après notre visite à l'antenne de la Guilde des Vardènes de Ventoval. Et sinon, j'ai entendu à la radio, la venue d'un géant de fer pas loin d'ici."

– "Ah, oui ! Je n'ai pas tous les détails. Ce géant est sorti de nulle part du sol, mais il a été arrêté par des Vardènes provenant de Blanchesol. J'en connais qui vont vouloir étudier ce géant, surtout au vu de la puissance qu'il a manifestée."

– "D'accord. Bon, ne nous égarons pas. Concentrons-nous sur l'antenne de Ventoval. Mais d'abord, profitons de la soirée."

Une valse commence à se faire entendre. Les personnes s'approchent des tables pour laisser de la place dans le hall, pour permettre aux couples de danser sur cette musique classique. Daniel se lève et tend sa main droite à Anna pour l'inviter à danser cette valse. La jolie jeune brune lui sourit, et accepte son invitation en lui prenant la main. Collés l'un contre l'autre, ils rejoignent les autres danseurs.

- 30 -
Retour d'enquête

Le surlendemain après la mission d'Irelnordë. 9h52. Forêt d'Armancia. À 85 kilomètres sud-ouest de Blanchesol.

Le temps est très agréable. Tout l'intérieur de cette forêt profite des magnifiques rayons de soleil, y compris une cabane isolée en bois. Devant celle-ci sont garée deux voitures : une Eldeon modèle Sylvepass de couleur verte foncée mate, et une Nezano Mini de couleur bleue ciel plutôt brillante.

À l'intérieur, la porte de la salle de bain s'ouvre. Vivanie en sort. Elle porte sur elle une toute petite serviette bleu ciel vraiment très courte recouvrant uniquement son buste et ses hanches, le reste de son corps étant nu. Ses cheveux qu'elle a déjà attachés en couettes hautes sont encore humides. Elle se dirige vers le salon et voit l'homme qu'elle aime assis sur le canapé, habillé d'un simple t-shirt vert clair et d'un short noir. Sur la table basse devant lui, son pc portable est posé et déployé, avec une tasse de café juste à côté.

– "Eradan !" s'exclame joyeusement Vivanie, qui lui saute soudainement dessus en se mettant sur les genoux de l'Arpenteur face à lui, ses jambes entourant ses hanches.

– "Vivanie…" rougit celui-ci, l'air gêné.

– "Oui, t'as vu, je suis encore toute nue en-dessous." continue la petite elfe avec ce même ton joyeux.

– "Vivanie…"

– "Pourquoi t'as l'air gêné ? Tu ne l'étais pas du tout tout à l'heure et hier, quand tu m'as déshabillée en moins de 2 secondes pour prendre notre douche ensemble, pour en profiter pour me nettoyer partout tout partout !"

– "Vivanie…"

– "T'étais pas timide du tout hier soir et avant-hier soir, au lit, tellement pas timide que tu as été très vigoureux, très brutal et très sauvage sur moi tout de suite après nous avoir déshabillé rapidement, pour ensuite me plaquer sur le lit et te jeter sur moi." Vivanie rougit un peu, tout en étant fière de ce qu'elle vient de dire.

– "Vivanie…"

Eradan lui fait un signe de tête en direction de son pc portable. La petite elfe blonde se retourne. Elle voit sur l'écran l'application de visioconférence déjà ouverte, affichant déjà les écrans montrant les participants qui sont connectés, à savoir Joril, Ayra, Alina et Gardli. Chacun d'eux se retiennent de rire. Visiblement, ils ont tout entendu.

– "Bon, bah, inutile de vous demander si vous avez passé une bonne nuit, visiblement." commence Joril, toujours en train de se retenir de rire.

– "Salut tout le monde !" salue Vivanie, toujours avec son ton très joyeux. "C'est vrai, la nuit a vraiment été excellente ! Hein, Eradan ?"

Elle tourne sa tête vers lui puis lui fait un clin d'œil.

– "On peut commencer notre réunion ?" intervient Eradan pour se sentir moins gêné, et orienter le sujet sur autre chose que l'intimité entre la petite elfe et lui.

– "Au fait, Farnir n'est pas encore connecté ?" demande Alina. "Je crois me souvenir que tu l'as également invité à la réunion, Joril."

– "C'est le cas." confirme l'elfe aux longs cheveux noirs. "Mais il est ici à Ventoval. J'ai fait appel à lui car j'ai besoin de son expertise en tant qu'Ombrelier. Il est venu hier avec trois autres des siens. Il va se joindre à nous à mes côtés pour la réunion."

– "Pourquoi avoir fait appel aux Ombreliers chez vous ?" lui demande Gardli.

– "Et bien… comment vous dire…" commence Joril avec un ton grave. "Il s'est passé quelque chose chez nous à l'antenne de Ventoval… Quelqu'un s'y est introduit avant-hier soir !"

Un silence se manifeste pendant une dizaine de secondes.

– "Comment est-ce possible ?" s'étonne Alina. "Nos systèmes de sécurité chez les Vardènes sont à la pointe, sans compter celles et ceux qui sont de gardes de nuit. Il faut être limite suicidaire pour entrer par effraction dans une antenne de la Guilde, et encore plus pour affronter des Vardènes."

– "C'est pour ça que j'ai fait appel à Farnir, après avoir vu le résultat de ce qui s'est passé, hier matin." explique Joril. "Et effectivement, ce n'est pas à la portée d'un simple voleur que de franchir nos systèmes de sécurité. Seul un as des arts de l'ombre comme Farnir est en mesure de savoir ce qui s'est passé."

– "Fais-moi de la place." intervient Farnir qui arrive devant la webcam de Joril, pour ensuite s'asseoir à ses côtés. "Salut tout le monde !"

– "Salut Farnir." lui répond Alina, qui ne lui cache pas un sourire en le regardant, rougissant légèrement. "Comment tu vas ?"

– "Bien et toi, Alina ?" lui sourit également Farnir, lui aussi rougissant légèrement.

– "Qu'en est-il, concernant ton analyse avec tes collègues Ombreliers ?" lui demande Joril.

– "C'est du travail très propre, et surtout, vraiment très efficace." développe Farnir. "Les dégâts sur les serrures sont très minimes, les traçage de trous sur les carreaux pour atteindre les poignées ont été découpées avec excellence au laser, mais un laser de haute technologie. Ça nécessite un matériel très avancé, pas à la portée de tout le monde. Je vous confirme que c'est du travail de professionnel. Pour arriver à un tel niveau, il faut être un Ombrelier très expérimenté, et encore, non sans difficultés, surtout avec les Vardènes en gardes de nuit."

– "Il y a eu des victimes ?" demande Alina. "Pas de blessés graves, ou pire ?"

– "Une seule personne a malheureusement perdu la vie." annonce Joril, baissant sa tête et fermant ses yeux. "Quant aux autres, ils s'en sont sortis et ont heureusement bénéficié des soins de Lin." Il prend une courte pause pour ensuite regarder les autres. "Regardez les images de nos caméras de surveillance, dotée d'une vision infrarouge."

Un écran s'affiche montrant différentes prises de vues, chacune affichant la date d'avant-hier soir vers minuit. L'une d'elles montre les lumières qui s'éteignent soudainement. Un homme en tenue noire moulante et cagoulé intervient, battant à lui seul trois Vardènes en à peine 10 secondes, les assommant avec son bâton télescopique. Une autre montre deux Vardènes utilisant l'Aether contre lui, mais ce dernier leur envoie des projectiles paralysants. Toutes les prises de vue montrent ce genre de scène, et le point commun, c'est qu'elle s'achève par cet homme regardant et saluant les caméras de surveillance.

– "Il nous nargue." constate Eradan. "Il agit dans l'ombre, mais laisse consciemment intact les caméras, comme pour nous envoyer un message."

– "Heureusement, aucun Vardène n'a été tué lors de cet incident." rassure Joril.

– "Tu n'as pas parlé d'un décès ?" lui demande Gardli.

– "Si… mais ce n'était pas un Vardène. Regardez."

Une prise de vue affiche une cellule dans laquelle est enfermé le général de la Serre Sanglante. L'homme en tenue noire moulante sort un pistolet avec silencieux, puis d'un seul tir, abat ce hobgobelin d'une seule balle dans la tête. Comme pour les autres prises de vue, il salue la caméra de surveillance.

– "Ce doit être un tueur professionnel, vu la froideur de ses gestes au moment de son exécution." constate Eradan.

– "Qui a pu faire ça ?' demande Vivanie.

– "Pas un Ombrelier, ça c'est sûr." lui répond Farnir. "On ne serait pas assez stupide pour créer des tensions entre les Vardènes et nous. À mon avis, cet exploit des ombres est du niveau d'un ordre de ninjas, ou bien d'une agence gouvernementale."

– "Vous pouvez écarter les agences des différentes nations de l'Union Anordorienne." intervient une voix de jeune femme que tout le monde sur Énoria connaît très bien. "Faites-moi de la place, vous deux."

Tous baissent la tête lorsque cette jeune femme arrive. Vraiment très belle, elle a de long cheveux oranges, des yeux verts et des oreilles finissant en pointes. Sa tenue bleu foncé est très moulante, mettant en avant son corps très sexy et très bien proportionné. Il s'agit d'Aurala Ordelame, la demi-elfe qui dirige Blanchesol, et techniquement, toutes les Terres d'Anordor également. Elle prend une chaise pour s'installer entre Joril et Farnir.

– "Pas de formalités, s'il-vous-plaît." ordonne Aurala. "Vous êtes des Vardènes, vous êtes des privilégiés avec moi, vous pouvez me tutoyer, vous le savez, tout ça."

Tous lui obéissent en relevant leurs têtes.

– "Vous avez une idée, votre Maj…" demande Vivanie.

– "Aurala." lui coupe la demi-elfe, qui a compris comment la petite elfe allait l'appeler. "Bonjour tout le monde. Et au fait, Eradan, Vivanie, Gardli, Alina, et même toi, Farnir, félicitations pour votre mission dans le site de Ventoval. Demain matin, à 10h, je vous invite à une cérémonie de remise de récompense pour les Vardènes au centre administratif. C'est aussi valable pour toi, Farnir. D'ailleurs, après cette réunion, cet après-midi à 13h30, je t'invite personnellement à une autre réunion, avec ton maître Diroc en visio. Nous avons beaucoup de choses à discuter."

– "Très bien." approuve Farnir en baissant la tête d'un signe de respect, en se demandant ce qu'elle lui réserve cet après-midi.

– "Pour revenir à nos moutons…" reprend Aurala. "… au vu du talent et des moyens de la personne qui a fait cela avant-hier soir, on peut très fortement diminuer la liste des factions. Quant au côté légal de cette action, on peut déjà mettre une croix dessus."

– "Attendez !" intervient Gardli. "Maj… heu, je veux dire… Aurala… vous ne pensez tout de même pas…"

– "Si c'est vraiment un de ces deux-là, on est vraiment mal, surtout avec la Conférence des Nations qui aura lieu dans 3 mois." continue la dirigeante de Blanchesol. "Je ne vais pas mettre nos Terres d'Anordor en état d'alerte, mais toute la Guilde des Vardènes, y compris les antennes dans les autres nations, recevront des instructions pour se préparer à cet événement."

Tous approuvent d'un signe de tête.

– "Pour la Serre Sanglante et ce 'Monsieur B', Joril, et toi aussi, Farnir, je suppose que vous nous avez tout donné concernant les résultats de l'enquête de Barnit et de l'analyse des Ombreliers." conclut Eradan.

– "Oui, malheureusement." lui dit l'elfe aux longs cheveux noirs. "C'est-à-dire… rien."

- 31 -
Prochaines missions

Le lendemain, à 10h, s'est déroulée la remise de récompense pour les Vardènes par Aurala Ordelame elle-même, pour la mission qu'Eradan, Vivanie, Gardli, Alina et Farnir ont accomplie au site de Ventoval, et surtout, pour avoir vaincu un géant d'acier à la puissance énorme. Chacun d'eux a reçu une distinction qu'ils accrochent sur leur vêtement, sur leur poitrine gauche. Celle-ci représente l'emblème des Vardènes dans un écu doré, avec au-dessus une étoile. Cette distinction étant connue, certaines personnes qui passent près d'eux les félicitent. Après cela, ils déjeunent ensemble au Bœuf Chaleureux vers 12h17, puis vers 14h22, ils entrent dans le QG de la Guilde des Vardènes pour se diriger vers les réceptionnistes.

– "Gardli !" appelle Ayra, qui vient de terminer sa paperasse à traiter. "D'abord, mes félicitations. Ensuite, tu as maintenant une nouvelle mission…"

– "Hé ! Gardli !" coupe une voix masculine. "Y paraît que t'es avec nous pour la mission du serpent des collines !"

Deux jeunes hommes et deux jeunes femmes, tous humains, s'approchent. Ils ont l'air d'avoir une vingtaine d'années.

– "Oh non, pas ces alcoolos !" se tape Alina sur le front, qui reconnaît ces Vardènes avec qui elle a accompli la mission du serpent des rivières.

– "Bah tu peux parler, toi !" se moque Farnir, qui reçoit juste après une tape d'Alina sur son crâne arrière.

– "On a fait notre réserve de bières." dit joyeusement Leona à Gardli, une des deux jeunes femmes.

– "On pourra aller à Ardonville pour aller acheter la Festive Ardonvilloise, vu que c'est sur notre chemin." propose Édoline, l'autre jeune femme. "Même si la foire d'Ardonville s'est déroulée il y a 2 semaines, il reste encore de ces bières en vente."

– "Je suis pour." se réjouit Gardli.

Le nain se tourne vers Eradan, Vivanie, Alina et Farnir.

– "Ça a été un plaisir, cette mission ensemble, les amis." leur dit Gardli. "On remettra ça, ce sera un plaisir. À la prochaine !"

Gardli et ses nouveaux coéquipiers quittent le hall de la Guilde. À peine ceux-là sortis, qu'une bande de cinq jeunes adolescentes se précipitent vers Farnir, pour se regrouper autour de lui (et bousculant Alina au passage).

– "Hé ! C'est vous, le nouveau consultant ?" s'exclame l'une d'elle.

– "Consultant ?" s'étonne Eradan.

– "Ah oui ! C'est à propos de ma réunion d'hier avec Aurala et maître Diroc." lui répond Farnir. "Au vu de ma participation à votre mission, à ma contribution pour la réussite de celle-ci, et à mon esprit d'analyse pour hier, ils m'ont suggéré d'être comme toi, un consultant pour les Vardènes. Selon eux, je peux apporter mes connaissances en arts des ombres pour la Guilde."

L'Ombrelier est de plus en plus collé par ces jeunes adolescentes, mais cela ne lui déplaît pas d'être entouré de jolies jeunes filles.

– "Hé, n'en profite pas non plus, hein ?" s'énerve Alina, qui tire les oreilles de Farnir pour l'attirer vers elle. "Quant à vous, les filles, laissez-le souffler un bon coup, on revient quand même d'une mission dangereuse."

– "Elle est jalouse, la rousse ivrogne ?" provoque l'une de ces jeunes adolescentes.

– "Remarque, y'a de quoi, une vieille pochetronne peut pas rivaliser avec nous." ajoute une autre.

– "C'est pas tout ça, jeunes filles, mais j'ai une patrouille à effectuer, moi." leur dit la jeune prêtresse avec agacement. "Je vais emmener cet énergumène avec moi. C'est en mon pouvoir de le faire."

– "Bon bah, à bientôt les filles." sourit Farnir avec charme aux jeunes adolescentes. "AÏE !"

Alina vient de lui mettre une tape à l'arrière de son crâne, pour ensuite le traîner vers la sortie.

– "Eradan, Vivanie, à bientôt. Je suis partante pour une nouvelle mission avec vous, ou même, pour une sortie au bar."

L'Arpenteur et la petite elfe sont maintenant seuls tous les deux.

– "Vivanie ! Ah, tu es là !" interpelle une voix d'homme.

Un couple d'elfe ayant physiquement l'air d'avoir la trentaine (selon des critères humains) s'approchent d'eux. L'homme a des cheveux argentés courts avec des yeux bleus, et est habillé très élégamment avec une chemise bleu à carreaux, un pantalon bleu marine, de belles chaussures en cuir marrons clairs, et une magnifique montre argentée de la marque de luxe Soqia. Quand à la femme, celle-ci a de longs cheveux blonds et des yeux verts. Habillée très courtement, elle ne porte en guise de vêtements qu'un simple tube top blanc aux bords roses et une très courte mini-jupe collante rose également, avec des chaussures de sports blancs et roses, le tout de la marque Astorga. Et surtout, elle possède une poitrine vraiment très généreuse, ce qui attire l'attention de certains Vardènes mâles ici présents dans le hall.

– "Papa ! Maman !" s'exclame Vivanie.

– "Comment tu vas, ma petite ?" lui demande son père.

La femme elfe se colle soudainement contre Eradan, ses bras l'enlaçant très fortement, sa généreuse poitrine se pressant très fermement contre la poitrine de l'Arpenteur. Elle le regarde avec ses yeux de séductrice.

– "Alors, c'est toi, Eradan, l'homme qui a fait chavirer le cœur de ma fille !" lui dit la mère de Vivanie. "Je t'ai vu dans ses vidéos Overtube, mais tu es vraiment encore plus beau en vrai. Ah oui ! Moi c'est Morganie, mon beau."

– "Euh… enchanté, madame L…" rougit Eradan, gêné.

– "Appelle-moi Morganie, mon bel homme." Ses yeux regardent un court instant en bas, puis ensuite les yeux d'Eradan. Elle finit par lui faire un sourire coquin. "Oh ! Je sens que tu es tout excité ! Tu es vraiment tout dur, en bas ! Si tu veux, on peut aller dans un lieu privé, toi et moi, pour…"

– "MAMAN !" crie Vivanie en poussant violemment sa mère, l'écartant d'Eradan. "C'EST MON MEC ! PAS LE TIEN !"

Morganie se fait soudainement tirer l'oreille droite par son mari.

– "Je te rappelle que tu es une femme mariée !" lui rappelle l'homme elfe avec une pointe d'agacement. "Que tu as une fille ! Que l'homme envers qui tu te proposes, potentiellement, sera notre gendre ! Et surtout, tu as un mari !"

– "Ah oui, mais, le jour où Eradan et moi l'auront fait, je serai bourrée." tente de se justifier Morganie. "Je n'aurai donc pas été moi-même, et donc, je ne t'aurai pas trompée, en étant bourrée."

L'homme elfe lui tire encore l'oreille droite de sa femme.

– "Désolé pour ma femme, Eradan." s'excuse le père de Vivanie. "Au fait, moi c'est Isterian."

– "Enchanté, monsieur Lifiniel." lui dit l'Arpenteur. "C'est un honneur pour moi de rencontrer le concepteur des alcools Lifiniel, je suis un consommateur passionné par vos produits."

– "Si tu veux, mon bel Eradan, tu peux m'emmener de force dans une ruelle très très sombre." lui propose Morganie, qui vient de se libérer de son mari pour encore se coller contre l'Arpenteur. "Tu n'as qu'à me forcer, à y aller comme une brute contre ma volonté, comme ça, je serai impuissante lorsque tu auras fait ton affaire sur moi, donc, ainsi, je n'aurai pas trompé mon mari. AÏE !"

– "MAMAN !" s'énerve Vivanie en poussant sa mère violemment au point de la mettre à terre. "PAS TOUCHE À MON COPAIN !"

Isterian tire les deux oreilles de sa femme.

– "Ça suffit, Morganie !" lui rappelle son mari. "Eradan, c'est un plaisir de te rencontrer. Nous serons ravis de pouvoir faire la connaissance de tes parents, également."

– "Ce n'est malheureusement plus possible…" lui dit l'Arpenteur avec une pointe de tristesse. "Ils ne sont plus…"

– "Oh, tu n'as plus tes parents, mon bel Eradan." console Morganie en se collant de nouveau contre lui, toujours avec son air de séductrice. "Viens te consoler auprès de mommy Morganie, mon beau." Elle presse encore davantage sa poitrine généreuse contre la poitrine de l'Arpenteur.

– "HÉ ! PAS TOUCHE, MAMAN ! TU DÉGAGES D'ERADAN !" hurle Vivanie en poussant de nouveau sa mère, la mettant encore à terre.

Isterian prend le poignet droit de sa femme puis la traîne vers la sortie.

– "Vivanie, Eradan, on va y aller." leur dit celui-ci. "On va vous laisser tous les deux. Je vais faire en sorte qu'une certaine personne ne gâche pas vos bons moments à vous deux." Son regard agacé est dirigé vers sa femme.

Les parents de la petite elfe sont sortis du hall.

– "J'imagine pas vos futurs repas de famille." commente Ayra, qui se retient de rire au spectacle qu'elle vient de voir. "Ah oui ! J'ai une nouvelle mission pour vous deux, dans les mers du sud. Vous pouvez en profiter pour passer des moments agréables tous les deux, vous l'avez largement mérité. Vous avez toutes les infos dans vos mails."

– "Merci beaucoup, Ayra." le remercie Eradan. "Vivanie…"

L'Arpenteur tend sa main droite vers Vivanie, et celle-ci le prend sans hésiter. Elle se colle contre le bras droit d'Eradan, toute joyeuse d'être une nouvelle fois en mission avec l'homme qu'elle aime. Les deux amoureux sortent du hall à leur tour.

Épilogue

La pièce est remplie d'obscurité. Celle-ci est tellement dense qu'il est impossible de déterminer à l'œil nu son volume intérieur. Une lumière bleue éclaire le centre de cette pièce, où sont disposés de manière circulaire quatorze pupitres, sept de chaque côté en arc de cercle. Cette lumière bleue ne va pas plus loin que ces pupitres, les éclairant ainsi très faiblement, et surtout, ne dévoilant pas les silhouettes obscures derrière six d'entre elles. Les autres pupitres sont inoccupés.

– "L'Archi-Lettré a échoué sa mission dans les Terres d'Anordor." commence une voix déformée, comme si elle était brouillée au point de la rendre inhumaine, si ce n'est qu'il s'agit d'une voix masculine.

– "C'est dommage." continue une voix du même type, féminine cette fois-ci. "J'aurai bien voulu décortiquer ce qu'il nous aurait amené de Ventoval."

– "Je ne pense pas qu'il aurait partagé ses découvertes, le connaissant." lui dit une autre voix féminine. "Cela dit, d'un côté, ce n'est pas une mauvaise chose qu'il ait échoué. Imaginez s'il s'était retourné contre nous avec la puissance qu'il aurait eu."

– "C'est vrai que tu connais très bien ton ancien mentor, Pilleuse de Sources." approuve une voix masculine. "Mais n'empêche, si jamais cela s'était déroulé, il n'aurait pas pu faire grand chose contre nous tous réunis."

– "En tout cas, sa place est maintenant vacante." observe celle dénommée 'Pilleuse de Sources' vers un pupitre vide. "Il va maintenant falloir recruter un nouveau candidat parmi nos meilleurs Éliminateurs, pour remplacer l'Archi-Lettré. Aaah… Je vais devoir me taper tout ce boulot…"

– "Où en est ton opération Déterrage des Profondeurs dans les terres impériales, Électro-Doctoresse ?" demande la première voix masculine à la concernée.

– "Mon opération se déroule à merveille." lui répond la deuxième voix féminine. "Mais je dois garder ma vigilance, car avec la Conférence des Nations dans 3 mois, la mobilisation des troupes impériales est de plus en plus intense. Agir dans l'obscurité devient plus ardue."

– "Je vois. Et toi, Géant de Force, ton opération Pieds d'Argiles dans les terres républicaines, comment ça se déroule ?"

– "Nous nous en sortons." lui répond une voix masculine. "Mais on parle de la République, ce n'est pas une pierre qu'on brise aisément. Heureusement que Chercheur de Minerais et son équipe sont là."

– "Bien. Et vous trois, Pilleuse de Sources, Tempête-Éclair et Séisme-Lave ? Comment se déroule votre opération Métamorphose Primale dans les forêts du nord ?"

– "Nous ne sommes pas de trop, nos trois équipes réunies." lui répond Pilleuse de Sources. "Heureusement que les druides du nord sont fortement occupés à des affaires internes."

– "Bien. Je n'ai pas encore de nouvelles de Vague Véloce pour son opération Tsunami Diviseur, ni même de Frère Tunneleur pour les Monts Ouestfort et de Sœur Tunneleuse pour les Monts Estford, absents de cette réunion. Mais revenons à notre cas dans les Terres d'Anordor. L'Archi-Lettré a été vaincu par des Vardènes, mais pas seulement. Il y avait un Ombrelier avec eux, et également, un Arpenteur."

– "Un Arpenteur ?" intervient la quatrième voix masculine. "Avec la mort de l'Archi-Lettré, il n'y a donc plus personne pour s'occuper des Terres d'Anordor. Je vais donc devoir prendre les choses en main avec mon équipe."

– "Et ton opération Sacrifice Moral dans la cité-état d'Esharnon, Flèche de Pénombre ?"

– "Je prendrai des dispositions pour qu'elle continue en mon absence. Si par contre un Arpenteur intervient dans nos affaires…"

La silhouette à la voix masculine identifiée comme étant 'Flèche de Pénombre' sort de son pupitre pour se placer au milieu de tous les autres, au centre de l'éclairage bleu. Celui-ci révèle un homme en tunique noire et encapuchonnée aux bords rouges sang. Sur son visage, il porte un masque en chêne teinté en noir, avec des yeux illuminés en orange clair. Il porte sur son dos un carquois rempli de flèches ainsi qu'un arc noir à poulies. À gauche de sa ceinture est rangé dans son fourreau un long jian à deux mains (une épée à lame droite et à double tranchant, avec une garde très peu prononcée).

– "... Je montrerai alors à cet Arpenteur lequel de nous deux est le meilleur !"

Personnages principaux

Eradan Tardarion

Sexe. Masculin.

Ascendance. Humain Ranelthien.

Âge. 85 ans (environ 40 ans en apparence).

Taille. 1,85 mètres.

Cheveux. Bruns courts.

Yeux. Verts, légèrement plus brillants que la normale (dû au fait d'être un Ranelthien).

Occupation. Arpenteur, et consultant pour les Vardènes en matière de nature, d'animaux et de survie.

Eradan est un Arpenteur, un des héritiers de l'ancienne civilisation ranelthienne. Comme tous ceux de son peuple, c'est un forestier expert pour tout ce qui concerne la nature, les animaux et l'art de la survie en milieux naturels et hostiles. Comme tous les siens, il porte une tunique encapuchonnée et de quoi tirer à l'arc (affichant ainsi un carquois rempli de flèches sur son dos), mais par contre, sa tenue est beaucoup plus sobre, là où les autres Arpenteurs arborent des motifs naturels plus colorés. Enfin, Eradan est un pratiquant de l'épée longue du style martial du fameux grand maître d'armes Felipe Livadi.

Vivanie Lifiniel

Sexe. Féminin.

Ascendance. Elfe des Plaines.

Âge. 98 ans (vraiment très jeune en apparence, notamment à cause de sa petite taille, bien que ses formes soient bien développées pour une "petite fille").

Taille. 1,36 mètres (sa petite taille lui donne une allure très jeune et très gamine).

Cheveux. Blonds, longs coiffés en couettes hautes.

Yeux. Verts.

Occupation. Créatrice de contenus sur Overtube en rapport avec l'Histoire, et Vardène.

Vivanie est une petite elfe très mignonne connue sur les réseaux sociaux, de par ses contenus en ligne sur Overtube en rapport avec l'Histoire. Elle est également une très puissante utilisatrice de l'Aether, à un niveau tellement élevé que c'est quasiment naturel pour elle. Cet aspect d'elle impressionne toujours, voire même, pourrait la rendre très effrayante. Toujours souriante et agréable, et souvent très joyeuse, Vivanie est une jeune fille très sociable, surtout envers Eradan qui, à ses yeux, est exceptionnel même pour un Arpenteur.

Gardli Rocaford

Sexe. Masculin.

Ascendance. Nain des Montagnes.

Âge. 132 ans (environ 30 ans en apparence).

Taille. 1,24 mètres.

Cheveux. Bruns courts, avec une barbe courte et bien taillée.

Yeux. Bleus.

Occupation. Chevalier et général de l'armée du royaume nain des Monts Ouestford, et Vardène.

Cousin du roi du royaume nain des Monts Ouestford, Gardli est un noble, un redoutable combattant et un chef de guerre. Il est également un Vardène et a adopté ce choix de vie, car il préfère une vie remplie d'aventures qu'une vie à la cour avec d'autres nobles. Véritable expert dans le maniement de la hache, grand connaisseur et surtout grand consommateur de bières (comme quasiment tous les nains), Gardli est un très bon vivant et est tellement apprécié que pas mal de Vardènes adorent faire des missions en sa compagnie (car il y a souvent de la bière).

Alina Delfort

Sexe. Féminin.

Âge. 25 ans.

Ascendance. Humaine.

Taille. 1,63 mètres.

Cheveux. Rouges, longs.

Yeux. Bleus.

Occupation. Prêtresse de Lanandria, et Vardène.

Alina est une prêtresse de Lanandria, l'ange maîtresse du Soleil. L'ordre de Lanandria est composé de femmes, toutes utilisatrices de l'Aether, et leurs pouvoirs sont en lien avec la lumière du jour. Redoutable combattante experte dans le maniement du naginata, Alina possède un niveau très élevé quant à l'utilisation de l'Aether, faisant également d'elle une Vardène de très haut niveau. Très aimable, elle aime passer du bon temps et profiter de la vie, souvent avec d'autres Vardènes, en allant aux soirées dans des lieux animés tels que des bars.

Farnir Danelv

Sexe. Masculin.

Âge. 19 ans.

Ascendance. Humain.

Taille. 1,71 mètres.

Cheveux. Noirs en bataille, longs jusqu'à ses joues.

Yeux. Bleus gris.

Occupation. Ombrelier.

Farnir est un jeune homme mystérieux qui parle très peu de lui (ce qui est normal pour un Ombrelier, dont la qualité première est la discrétion). Véritable as dans le maniement de l'épée de côté et des armes de jets tels que des dagues de jets ou des shurikens, il possède une agilité et une vivacité hors normes (surtout pour un humain), ainsi que la faculté d'apprendre de nouvelles compétences plus rapidement que la normale. Tous ces talents ont très rapidement fait de lui un Ombrelier hors pair, au point d'être proche de Diroc, le fameux "Épervier Agile", chef des Ombreliers, et qu'il considère comme son véritable père.

Rand Avelt

Sexe. Masculin.

Âge. 57 ans.

Ascendance. Humaine.

Taille. 1,74 mètres.

Cheveux. Blonds courts.

Yeux. Bruns.

Occupation. Historien.

Rand est un historien très réputé. Étant un auteur de nombreux ouvrages d'Histoire, ainsi qu'un très grand conférencier, une partie de ses travaux concernent l'ancienne civilisation ranelthienne. Il est également un chercheur agissant sur le terrain qui aime l'exploration. C'est un homme toujours sûr de lui, avec une très grande assurance, ayant toujours une réponse à toutes les questions qu'on lui pose.

Table des matières

- 1 - Traque dans la forêt 9
- 2 - As de l'épée longue 13
- 3 - Arc et animaux 19
- 4 - Petit chat à sa maman 25
- 5 - La cité de Blanchesol 29
- 6 - L'Overtubeuse elfe 33
- 7 - Déjeuner au Bœuf Chaleureux 37
- 8 - La Guilde des Vardènes 41
- 9 - Présentation en réunion 45
- 10 - Le trésor de l'historien 49
- 11 - Irelnordë 55
- 12 - Cours d'Histoire en voiture 61
- 13 - L'Aire de la Colline Dentée 67
- 14 - Les ruines d'Aeln Far 75
- 15 - L'épéiste de l'ombre 81
- 16 - La Guilde des Ombreliers 87
- 17 - La tour d'Aeln Far 93

- 18 - Bataille sur la colline 99

- 19 - Bataille dans la tour 105

- 20 - Les Vardènes de Ventoval 111

- 21 - Le général de la Serre Sanglante 115

- 22 - Le mystère de la bataille 119

- 23 - L'Auberge de l'Ours Hibernant 127

- 24 - L'entrée secrète 135

- 25 - Le souterrain des mystères 141

- 26 - La révélation 147

- 27 - Le géant d'acier 153

- 28 - Le coup final 159

- 29 - Une victoire incomplète 167

- Entracte - Ce soir ne meurt jamais 173

- 30 - Retour d'enquête 179

- 31 - Prochaines missions 187

Épilogue 195

Personnages principaux 199

Vous avez aimé parcourir la planète Énoria avec Eradan et Vivanie ?

Parcourez-la de nouveau avec Orlane et Mélanie

dans
Le Parcours d'Orlane & Mélanie.

Le Parcours d'Orlane & Mélanie

est disponible

en version livre
(en impression à la demande)

ou

en version ebook.

*alex-xaysena-auteur.com/
mes-romans/le-parcours-dorlane-melanie/*

Alex Xaysena

Né en 1982, Alex Xaysena est un auteur français indépendant d'origine troyenne. Après un parcours en fac d'histoire, une activité de graphiste freelance, et des emplois dans le domaine de la menuiserie, l'industrie, la gestion de maintenance et la planification, l'envie d'écrire un roman devenait de plus en plus forte. Sautant le pas, il écrit son premier roman *Le Parcours d'Orlane & Mélanie*. Après avoir publié celui-ci, la fièvre de l'écrivain l'a atteint, le motivant ainsi à écrire d'autres romans.

Passionné de littérature fantasy et de jeunesse, de jeux vidéos et en particulier les J-RPG (comme les *Final Fantasy* ou la saga des *Trails*), de programmation de jeux vidéos (avec ses propres jeux publiés en ligne), de jeux de rôles (en tant que joueur, maître de jeu, mais aussi auteur), et d'arts martiaux (notamment les arts martiaux historiques), tout cela se retrouvent dans sa première œuvre.

Vivant aujourd'hui dans l'agglomération troyenne, Alex aime tout ce qui concerne l'Histoire locale de l'Aube, au point de se laisser emporter instinctivement en voiture vers un point du département choisi quasiment au hasard, l'amenant ainsi à de chouettes découvertes.

alex-xaysena-auteur.com